余生山海远阔

愿你随心所向

孤勇如你

耿帅 著

九州出版社
JIUZHOUPRESS

纵使寂寞开成海　让我们用文字慰藉彼此

推荐序

怕你停下来，更怕你回头

三年前，有幸为耿先生的著作《所有失去的都会以另一种方式归来》写了序言，因缘际会，三年后再次为耿先生的新书作序，感谢他对我的信任。

人的一生由许多时间段组成，每个时间段里时间流逝的快慢是不同的。这几年，我真切地感受到时间在我身上的流逝，争取过，也妥协过；追问过，也回避过。我知道当下的可贵，接受无常，接受失去。与其说是与自我和解，不如说是另一种成长。

耿先生说，他在写一本坦白书，不在过去也无关后来。

每个人都站在巨大的苍穹下，将经历过的所有画面一幕一幕在心里掠过，像是不定格的镜头，捕捉冲破天际的一瞬。这是一个漫长又无趣的过程，带着些许分量的孤独，循环往复，在寂静中无声无息地落下，直到再也看不见一点光亮。

我们终其一生都在追寻生命的意义，过往沉落于黑暗，时间覆盖了一切，带着若隐若现的真相，生活所要求的，远比我们以为的要多。

他说人生无非就是许多孤独和勇气交替的瞬间，命运与尘埃、残碎与风声、温柔与心碎，交织成真实且深厚的感情，一个人在孤独中陨落，又在勇气中重生。

他说飘摇中想做一个静止的人，人生多不易，看清自己、遵从自己、感知自己，需要我们用终生来学习，经过几次角色的轮换，我们才有勇气克服执念、打破骄傲，接受自己的无能为力。

他说不要试图把过去延续到未来，什么时候开始，什么时候结束，都被强大的生活本身推着向前走，你只需要知道，内心想要什么，并为之付出努力。

我们一生都在与自己对抗，时间是河流，在相互对峙中奔向远途。自此，荒漠从这里结束，光亮从这里开始，耳边风声呼啸，眼底潮水起伏，总有一些相遇和感动，让人温暖且简单。

这些年，途经各处，每到一个地方都感觉像是世界的尽头，记忆一如既往的清澈，一些人走进你的梦中，在梦里变成触手可及的轮廓，然后对着孤独和怀念长久地沉默。

耿先生把文字比作是一座城市，古老的城墙和街道是城市的一部分，昏暗的路灯和树影也是城市的一部分，所有文字想表达的，无论是涌动的内心渴望还是深切的回应，都是他自身的一部分。

有灵魂的文字是带着温度的，我们听着别人的故事，想着自己的心事，就着冬日的温酒，那些脱离了生活感的往事才会幽幽浮现出来，带着隐约的泪光，微醺在往事里。

所以人生时常有一种恍惚感，冬去春来，周而复始，也会产生错觉，这些年岁、生活中的空隙、亲手点燃的火焰，仿佛只剩下似是而非的不真实，可是我知道，那些恍惚的一瞬，都是真实的。

　　这些真实感来自生命中的跨越和沉淀，带着不与人分说的缘由，来获取生命中短暂的静默。

　　正因为这样，耿先生更像是一个身经百战的人，前半生经历了太多磨难，他在悬崖边踱步，却在人生的坐标系中找到最远最真的自己，用心对待，磊落坦然。

　　他一直在为自己寻找一个出口，文字与写作者浑然一体，又各有界限，文字是写作者的一个灵魂出口，但很少有人会与自己的灵魂对话，只有孤独感才能走进自己内心深处，挖掘被遮掩住的真实自我。也只有这样的文字，才能与读者的精神相连，维持一种平衡且饱满的状态。

　　生命有与生俱来的张力，带着深深浅浅的热爱，想做一个孤独的勇者，持之以恒地做事，将骄傲和敬畏佩戴在身上，独自潜入黑暗的禁地。

我也时常问自己，如果一直走下去，会不会疲惫？

答案一直都在，最重要的东西，是内心的力量。真正的勇敢，是在一生中持续抵抗对生活的厌倦。

人的自由经过确认，必须要寻求信念所在。每个人身上都背着一个时代，路途中总会遇到一些人带我们穿越孤寂。你一定不要害怕，不要退缩，请允许生活的轨迹、心的走向不断调整，黑色的旅途即将落幕，我们手持火把，点亮彼此内心的光亮。

漫长岁月，孤军奋战，怕你停下来，更怕你回头。

我们在所爱的人身上看到爱和无畏，在一场又一场节日的盛宴里、在擦肩而过的目光里、在掌心的温度里、在生活的幻象里，我们将自己的脆弱坦诚相待，我们敬畏这种力量，同样深深地为之着迷。

人们在不同的道路上前行，希望无论号角何时被吹响，都能唤醒我们心中的勇气，并且驯服扎根在深处的浅薄与不羁。内心的孤岛在沉没，我们也会慢慢停靠下来，不再做一个漂泊的人。

　　记忆穿越遥远的年月和覆盖的尘土，跟随着生活拐过一个又一个的节点，那些花费多年时间获得的存在感，其实也并没有那么重要。活着的过程，本身就是等待的过程，人若能众醉独醒地观察自己，一生都可以活在热爱里。

　　我们也是后来才意识到，成长中很重要的一课，就是独处。情感依赖是与生俱来的，你只有摆脱他人的期待，才能清醒感知自己到底想要什么。对自己诚实，可以免除很多来自外界不必要的干扰。

　　走过那么多路，去过那么多地方，也会感到疲惫。世面见得越多，反而越找不到真心爱的人。

　　我们唯一能做的，就是一直走下去，坚定自己选择的一切，带着自知和觉醒，与隐藏内在的欲望遥遥相望。超越固有的形式，出发、寻找、回归、抵达，带着另一种希望，穿越荒山，泅渡海洋，获取一个全新的自己。

想在初夏的清晨写一封长信，以你的名字开头，斟酌每一个字句，把微小细碎的每件事，娓娓告诉远道而来的每一个人。

想在茫茫人海中，第一眼就看见你，伸出手，带你从时光的颠沛流离中，寻找爱和勇气。

想把那些琐碎和坎坷当作成长中的铺垫，将感激放在心上，义无反顾地去做自己笃定的事情。

这本书里，是耿先生对人生的审视，我们相逢，我们告别，我们站在原地目送他人。然后把他们都写进文字里，提醒自己，很久很久之前，我们见过一些人，遇到一些事，抵达一些地方。文字呈现的意义，就是在记得与遗失的同时，给自身与岁月一个彼此对照的机会。

所有回不去的良辰美景里，记忆将以另一种形式开启。年轻真好，一腔孤勇，无问西东，往事亦两清。

今后日月更迭，岁月清浅，希望你一直跑，别回头，寻找属于自己的诗和远方。

今后人间烟火，沧海一生，希望你做个不知疲惫的旅人，随时都有为美和温柔落泪的深情。

而《孤勇如你》，是你能送给自己最好的礼物。

林楚茨

目　录
CONTENTS

Chapter 1

被爱的人不用道歉

有些人需要好好告别

有些人需要好好珍藏

我如果爱你，心甘情愿地跟你走一趟

我与你之间隔着一片海

太平洋的季风，古老城市的灯火

分隔岁月与回忆的经纬线

深海里孤独游荡的鲸鱼

纵使隔着几万光年的距离

如果你无法上岸，我愿意随你隐没海底

1

"老耿，我要跟杨林结婚了，你是我最好的哥们儿，一定要来啊。"

我开完视频会议已经晚上八点半了，看到林茉的短信静静地显示在手机上，我给自己倒了一杯酒，松开领口坐在地上给她打电话。

电话很快接通了，林茉说，老耿，你忙完了？

我沉默了几秒钟，问她，你真的想好了？

电话另一端的林茉轻轻笑了，说，是的，我现在在一个特别漂亮的地方，就在刚刚，杨林向我求婚了，我答应了他。

我喝了一口酒，问她，你清醒吗？

林茉说，我现在特别清醒，这个世界上爱而不得的人不止我一个。你放心，我都考虑清楚了。

我说，好，你确定好时间告诉我。

挂掉电话我一口喝掉杯中的酒，站起来拿起外套，把手机扔进口袋里，走出办公室。最近加班有点频繁，体力有些不支，入秋的夜晚微凉，风一吹头就有些痛。

我和林茉做了快三十年邻居，她就像我们家的另外一个女儿，我们了解对方甚至多过了解自己。小时候的林茉就是这样，她做的决定都是她已经想好的，她说放弃就真的意味着新的开始。

婚礼定在太平洋的一个小岛上，原本要和我爸妈一起过去，又怕他们问来问去，觉得麻烦，所以我提前一天赶到酒店，林茉出来拥抱我。她只邀请了部分亲人和好友，举行一场简单的仪式，来证明一场相爱。

晚上我在大厅里看他们婚礼彩排的流程，林茉对婚礼流程的顺序不是很满意，她对主持人说，可不可以去掉这个互相致辞的环节。

我走过去说，喂，看在杨林这么用心的份上，你就别这么挑剔了，只要对婚纱和新郎满意就好了。

杨林走过来，很自然地搂住林茉的肩膀，笑着说，我对新娘也非常满意。

婚礼对于女人的意义大概在于，有一个人，愿意从此和你的生命休戚相关。

暮色遥遥，风声响起，远处的地平线上泛起一道白色的光线，我站在这里，等你向我走来。

林茉说，哥，我们去海边走走吧。

杨林没有跟上，只是给林茉裹上大披肩，说，别着凉了。

我们提着啤酒，光着脚向沙滩走去，就像回到了小时候。

林茉说，你看，这就是杨林，他什么也不说，只是对我好，好到我会自责。

夜晚，太平洋的海风温柔地吹过，整片星空在头顶铺开，海浪推着白色的沙子一层层地打在脚上，时间仿佛在这一刻静止。

林茉喝了一口啤酒，望着海面的远处，说，过得可真快，我都快三十岁了。二十六岁的时候我就想要一场婚礼，陆齐铭说他给不了我。那个时候我就想啊，没有婚礼也没关系，只要我们一直在一起就好，现在想想，还是我太天真了。有时候也会觉得无趣，我们拼命地想要介入到对方的生命中，想要更了解彼此，最后反而两败俱伤，拼命地逃离。

我也抬头喝了一口酒，我说，林茉，医者不自医，其实我自己把生活过成这样，也没有什么资格说你。我明白你的意思，有些人的感情并不是发自内心的需要和热爱，只是找一个人来共同对抗孤独，看似稳定的关系，其实不堪一击，十分脆弱，他们可以很快地进入一段感情又能迅速地抽离出来。

林茉垂下眼睑，长长的睫毛在眼睛下面投出一块小小的阴影，这个样子的她很美，是一种成熟的美，或者说任何样子的她都很美，她已经成为一个内心强大的女人了。

她说，前几天我还经常梦到他，梦到他二十岁的样子，隔得那么远我都能一眼认出篮球场上穿着白衬衣、散发着阳光的味道的他，我看他回过头来，微微扬起眉毛冲我笑。

我叹了口气说，林茉，你这样对杨林不公平。

林茉说我知道，杨林又何尝不知。他跟我说，他知道什么是爱，也知道什么是选择，他说希望我永远不要说抱歉，比起包容和成全，他只希望我快乐。

她的声音也像温柔的海风，消失在夜空里。

我伸出手，拍拍她的头，说，别想那么多了。她只是静静地看着大海，然后长久地沉默。这个夜晚，似乎无限的漫长，她给她未来的人生和过去画了一条分界线。

2

博尔赫斯说过，使人觉得遥远的，不是时间太长，而是两三件不能挽回的事。

三年前的十二月份，元旦即将到来，我在北京机场等林茉，她穿着焦糖色的大衣，裹着一条灰色大围巾，利索地扎着马尾，林茉是我见过扎马尾最好看的女孩子。她隔着人群冲我挥手，穿过人群走过来。

林茉站在我对面，直愣愣地看着我。我说有事说事。

她低下头从大衣口袋里掏出一张检验报告单递给我，轻轻地说，怎么办，我怀孕了。还没等我反应过来，她继续说，还有，我们分手了，我不知道该找谁说，你别告诉我妈，她会打死我的。我看着她的肚子，突然想掉泪，是一种恨铁不成钢的气愤。

我问，他知道吗？林茉摇摇头，有些难堪地微笑。

我说的他是陆齐铭，也许林茉在来找我的时候，就已经做出了她的选择，她只能来找我，她走得太远了，当所有爱意戛然而止，她突然没有了方向，人心易变，爱人口中的海誓山盟，任何行为与契约都保证不了。

我陪林茉去医院流产，我问她，确定不留下来？大家可以帮你一起养。

林茉说，你知道吗？在我得知怀孕的时候，我就希望她是一个女孩子，玲珑剔透，我会教她唱歌，教她跳舞，让她像所有漂亮女孩子一样快乐地长大。我做了很久的挣扎，是我无能，不知该如何守护她，如果她来到这个世界，我怕她会对这个世界失望。

我也不知道该说些什么，说什么都不对。我气她不知道保护自己，也心疼她变成这个样子。在家属一栏上签上字时，我心里叹了一口气，只能伸手摸摸她的头，说，别害怕，我在外边等你，我就是你的家人。

陆齐铭没有给林茉打电话，我不知道林茉是怀着怎样的心情才能撑到现在，我以为我曾经在他们身上见过爱情，可是世事如书，就算是再平静的海面，也一样避免不了风浪席卷，又何况是爱情。

林茉从手术室里出来，脸色苍白，我跟着心疼，她从前是那么的爱笑，我看着她落魄流离，看着她痛不欲生，看着她竭力保持着克制与平静，而我什么都无法替她分担，她甚至没有对陆齐铭说，他们曾经有过一个孩子。她为自己的选择付出了巨大的代价，带着对爱情、对这个世界的失望。

我带她回家，手忙脚乱地在网上搜索各种补汤的做法，买了黑鲫鱼给她补身子，在厨房里忙成一团。林茉蜷缩着身体，把脸埋在枕头里，我把被子帮她盖好。她闭上眼睛，可能是太累了，很快就睡着了。

我看着熟睡的林茉，看了很久，这个我们从小一起长大的姑娘，这个永远被我挡在后面保护着的小妹妹，她现在因为不舒服皱着眉头，将身体蜷缩成一团。眼睁睁地看着自己热爱很久的事物、人，慢慢地冷却，突然变得不值得了，然后消失在

某一个不经意的瞬间，心里除了失望大概还会有几分失落吧。

北京的窗外正在下着雨夹雪，楼下车辆穿梭，天黑了下来，刺眼的车灯照着狠狠打落下来的雪花，无视每天奔波在这个城市里仓惶的灵魂。情爱的纠葛在这个冷漠的城市显得太过渺小。

可是林茉，没有人再护你周全，没有人再知你冷暖，没有人再为你心疼，你要学会没有软肋。也许未来的你回想起这一刻，这些都不算什么。

3

第二天的婚礼，林茉换上婚纱，很长很长的裙摆，肩部的薄纱和腰部绣着一朵朵茉莉花。头发盘起来的林茉看上去很美。

这不是杨林第一次看到婚纱，婚纱是他帮着挑选，并且头天晚上亲自熨烫的。杨林把头纱帮林茉别上，然后站到林茉对面，她走过去轻轻挽住他，杨林转头看着林茉，眼眶泛红，眼里闪光。我突然觉得眼前的画面很美，相信即使是将就，也将是一场漫长而诚恳的将就。

整个婚礼是西式风格，到了最后一个环节，新娘新郎相互致辞，杨林走向前抱了抱林茉，从口袋里掏出来一张卡片，他说，我很紧张，所以提前写了下来，希望在座的所有人给我做一个见证：

林茉，你好，很感恩你可以成为我的妻子。是我先爱上了你，从我第一次看见你开始。那天你穿了一条红色的裙子，从我身边走过，我就在想，这个女孩真是好看。我曾以为世界就是这样，命运颠簸，周而复始，但你出现了。那个时候我并不知道，一个人第一次出现在你面前就已经注定了结果。

每一次我都远远地望着你，每天穿过三条街区去你公司的楼下买一杯咖啡，每次我都想，你会不会也出现在那里。哪怕碰不到你，每天抬头看看你所在的楼层，也会开心一整天。

人这一辈子，最怕爱而不得，我细细想过，如果你没有选择我，我的余生该如何度过，那些我费心寻找想要带你去的地方，我一个人大概也没了什么兴致。幸好，你愿意和我一起，那些没有踏出的脚步，终于可以从现在开始。

我知道你所有的过往，希望你可以在我这里安心地住下，我会陪你一起用时间抹平所有的伤痕。

生活本就是一场巨大的幻影，长这么大，所有的顺其自然都是我努力争取来的，唯独你，就像是一场侥幸，你问我生活的意义是什么，我不知道该怎么回答你，但是对我而言，余生握着你的手，就是我全部的意义。

我没有告诉林茉，婚礼开始的时候，我收到了陆齐铭的短信，他说，代我问她好，新婚快乐。

林茉已经没必要知道了，现在的林茉是快乐的就足够了。

杨林将信念完，转身拉过身边的林茉，看着她的眼睛说，做你自己，我来爱你。

林茉用力地点了点头，眼泪大颗大颗地落了下来。这眼泪里包含了太多的情绪。

婚礼仪式的意义大抵如此，如同这个时代，有些人需要好好告别，有些人需要好好珍藏。我如果爱你，心甘情愿地跟你走一趟。

4

　　林茉醒来的时候已经是第二天的傍晚，她昏睡了一天，应该是累极了。我扶她坐起来，将枕头靠在她的背后，喂她喝汤。

　　外面的雨雪已经停了，天气还是阴沉沉的，林茉脸色还是苍白，笑笑说，老哥，大恩不言谢。

　　我叹了口气说，胡说什么，我们是一家人。这个世界上所有的伤口总有一天会愈合的，没有了爱情，你还有我们，你就安心地住在我家。

　　林茉爱了陆齐铭整整七年，又用了三年来忘记他。

　　林茉说，我从来没有想过要嫁给爱情，我只想嫁给他。但她也许不知道，十年前她想嫁的人和十年后要嫁的人并不是同一个人。

　　就像有人说过："我们爱的是一些人，与其结婚生子的，又是另一些人。"

　　可是我知道，她笑起来虽依然很美，但已经没有了从前的明媚。

陆齐铭是北方少年，林茉是南方姑娘，要怎么来形容呢，陆齐铭的声音就像是从北方吹来的风，沉静里带着凛冽，他对林茉说，下次我带你去看北方，从此林茉心里就全是北方。

陆齐铭是附近理工大学的高年级男生，偶尔来她的学校打球，会看到她戴着耳机在球场外的跑道上一圈一圈地跑步，然后一口气喝完一罐可乐。他除此之外对她并没有过多印象。

那次林茉逃课去参加一个小型的元旦晚会，小小的礼堂里坐满了人，她坐在角落里，一个穿白衬衣的男孩子在朗读奥斯卡·王尔德的诗歌《给妻子：题我的一本诗集》：

I can write no stately proem,

As a prelude to my lay.

From a poet to a poem,

I would dare to say.

For if of these fallen petals,

Once to you seem fair,

Love will waft it till it settles On your hair.

And when wind and winter harden

All the loveless land,

It will whisper of the garden,

You will understand.

　　这是林茉最喜欢的一首诗歌——奥斯卡·王尔德的诗歌《给妻子：题我的一本诗集》。林茉被这个男生浑厚的声线震撼了，她第一次听有人读这首诗的英文原版，而且读得这么深情。声音干净，明亮且自由，也第一次看到有人把白衬衣穿得这么帅气。

　　男生走下台，坐在林茉身边的空位置，林茉对他说，你读得真好听。男孩子抬头看着林茉，笑着说，原来是你。

　　故事总是这么开始的，猝不及防又像命中注定。那时清瘦的林茉身体里所迸发的力量与内心不停地抗衡，她在世间急于寻找可以填补灵魂的幻觉，而陆齐铭出现得刚好，不费吹灰之力就拿到了直抵林茉心灵腹地的钥匙。

　　十年后的林茉说，生命里的一切，仿佛都是租的，没有什么东西是永远属于你的，转身，就能立即切换到另一种生活状态。但当时，觉得最好的这辈子已经遇到了。

是的，当时觉得这辈子已经遇到最好的了，当然要用尽全力去对待。

5

婚礼结束后，杨林招待客人们回去休息，林茉提着婚纱的裙摆，拉我们几个发小一起坐在台下看着他们刚刚举行仪式的地方，白色的纱幔、粉色的气球、庄严的宣誓台。

林茉说，刚才大家就这么看着我，杨林用一场仪式来告诉我的父母，余生他会善待我。哥，有时候我在想，其实这个世界上很多东西都是需要证明的，爱也一样，至少这样一个时刻，他是把我当作他内心最珍贵的人来对待。

我抱着一个小时前林茉扔给我的花球，点点头，我大概是这个世界上唯一一个抢到花球的男人了。

林茉接着说，这么多年来，我觉得我始终在悬崖边徘徊，没有退路又不敢纵身跳下。我对待感情一直靠直觉，所有情感的表达都是最初的，需要被彼此认知和感受。可是后来我发现我好像错了，感情永远有理智不能解释的地方，哪怕只是一个拥抱，我也需要感受到温度。

我看着前面一望无际的海平面，说，以后只会越来越好。

林茉点头，我知道，自从我决定和杨林在一起，我就知道以后的林茉可能不会太快乐，但一定是幸福的。杨林让我知道，原来被爱的感觉是这么安心，我也愿意回馈给他相同的幸福。

杨林返回来寻林茉，他站在林茉后面，帮她整理头纱，笑着问，你们在聊什么呢？

我开玩笑说，我刚才告诉茉茉，我妈说了，小茉都结婚了，我连个女朋友还没给她带回去，差距越来越大了。

林茉也笑着说，花球我不是直接塞给你了嘛，就当补偿你了。

太平洋的海风轻轻吹拂，天空出奇的蓝，连接着海平面，海天一色，人的心情都会随着这蓝色变得平静。

我抬头看看眼前的林茉，突然觉得以前的一切似乎不复存在，好像她一直活在这世间的喧闹中，过着安稳的人生。

并不是坐在靠海的岩石上吹一夜海风，看一场日出，生一场大病就可以从一种人生过渡到另一种人生。你站在绝望的边缘，等待另一个人过来，擦干你的眼泪，牵起你的手，带你去很远很远的地方，赋予新生。

我们都说一定要嫁给爱情，也羡慕那些可以嫁给爱情的人，有些爱情确实存在过，只是后来消失了。也许很多很多年以后，你才会明白，真正让你心怀愧疚、念念不忘的人都是曾经好好爱过你的人，而那些让你一直在爱与痛苦中纠缠的人，就像海市蜃楼，并不值得铭记。

漫长十年，被你好好珍惜过，才值得我念念不忘。

6

林茉在我这里住了很久，她很少出门，或者说是闭门不出。她没有彻夜失眠，也没有过度饮酒。我每天下班回来都看到她安静地坐着，她只是安静地坐着，看了很多书，也看了很多电影——她在疗伤。其实女人的生命，需要情感来作为信仰和支柱，有些人一生都在寻找爱。

我对林茉说，我陪你出去走走吧，你有没有特别想去的地方？

林茉摇摇头，轻轻说道，哥，我知道你担心我。放心，我不会抑郁的，我自己会调整好的，可是不是现在。

我递给林茉一杯水，说，小茉，我怕你憋出病来，要不你跟我说说话吧。或者，我们一起骂骂陆齐铭也行啊。

林茉接过杯子，整个人窝进沙发里，说，我承认我很难过。我每天都告诉自己，林茉，你有点出息行不行。可是你知道那种难过可以把人淹没的感觉吗？喘不过气，不知道做什么才能救赎自己。他认真地说过他喜欢你，却轻而易举地转身把别人搂进怀里。

即使未来和现状一样模糊未知，林茉还是抛下一切来到他的身边，当下的每一天她都很珍惜，陆齐铭就是他的方向和旗帜，他是优秀的男生，有着作为少年的明媚和作为男人的沉稳，努力配得上林茉对他的好。

他说，林茉，你是我一直要找寻的人。

那个时候，陆齐铭是把林茉放在生命中的，这个女人从此与他的生命相互渗透。厨房很小，仅够两个人转身，陆齐铭做饭，与林茉一起吃。林茉洗碗，陆齐铭站在旁边陪她讲话，薪水不多，但快乐很多，他们每天都期盼下班见到对方。如果结婚，这样的人就是选择。

陆齐铭的工作非常忙碌，林茉尽力做好后勤工作，在一起久了，生活习惯上确实会有些差异。他不爱喝热水，喜欢吃全熟的肉食，在家要拉上窗帘，有轻微洁癖，所有的衣物需要熨烫平整，睡觉时喜欢从身后抱着林茉。林茉喜欢喝咖啡，吃清淡的蔬菜，喜欢拉开窗帘让阳光照进来，睡觉时习惯侧身蜷缩着身体。

但爱情很神奇，什么都介意又什么都能将就。

这就是两个人搭建起来的世界，牵手一起去看电影，等绿灯的时候亲吻对方，日夜相守，乐此不疲。一个人将生命中的柔软与脆弱完全展现给另一个人，毫无保留。

为了给林茉更好的生活，陆齐铭开始拼命地工作，他暂时不能拥抱她，他更多的时间是用来应酬，会议和电话不断，工作时间不断延长。林茉都能理解，他是陆齐铭，他不甘心平庸和碌碌无为。

如果你爱一个人，你会心甘情愿地想去成全他。随着忙碌而来的是，薪水变多，快乐减半。越来越多的时间林茉开始独自完成一些事情，超市购物、花店买花、看电影以及独自入睡。

　　她不能抱怨，她应该像所有懂事贤惠的女人一样，清理、打扫、煮饭，照顾好自己，不心存任何不合时宜的企盼。她向陆齐铭抱怨过一次，陆齐铭一边挽衬衣的袖子一边随口说，为什么别人行，你就不行。林茉听后沉默了许久，她突然觉得现在的生活离自己曾经想象的样子越来越远了。

7

　　后来呢？我问。

　　后来啊，做惯了生活的逃兵，忘记了真正的林茉是什么样子。她答。

　　或许爱他应该少一点，林茉才是原来的林茉。

　　爱情里需要两个人的不断交流，不然爱情也会伴随着失声而消失。

林茉不记得他们已经多久没有好好说过话了，他已经不是以前为她读王尔德英文诗的陆齐铭，他的生活里充满了项目、会议和成就感，唯独没有林茉。

爱情不会死只会消失，而眼睁睁看着爱情消失而无能为力的人，也只能伪装不需要爱。

她可以伪装得很勇敢，伪装得很懂事，伪装不在乎。

林茉在一天早上，问陆齐铭，我爸妈问我们是否打算结婚。陆齐铭说，再等等不行吗，你也知道我现在正处于事业的上升期。

林茉问自己，你还爱他吗？爱，也失望。他还爱你吗？不知道。

她不知道，她以前觉得，陆齐铭在的地方就是家，但是现在跟陆齐铭在一起，她竟然觉得孤独，家是不会让人觉得孤独的。林茉没有什么野心欲望，唯独执着对感情的索取。她假装毫不在意，却注定自相矛盾。女人太过清醒了未必是件好事。

林茉说，哥们儿，你陪我喝点酒吧。

我想着她身体刚恢复，本想阻止，却不忍拒绝，只好说，我去拿。我转身去厨房拿出两瓶啤酒，递给林茉一瓶，自己也打开一瓶。一边喝酒一边听她继续讲。

女人的预感真的很准，那天晚上回家后，陆齐铭换下衣服就去洗澡了，林茉抱着他换下来的脏衣服去洗，她从裤子口袋里掏出来两张电影票，是自己前几天约他想去看的那部电影。她什么都没问，最近经常失眠的她，那天晚上彻夜未眠。

第二天她依旧没说什么，中午她去了陆齐铭公司的楼下，她坐在出租车里，看着陆齐铭和一个年轻漂亮的女孩子走出来，进了楼下的一间餐厅。

林茉知道，这并不是普通的同事。这世上的感情各有不同，但谁喜欢过你，他再次喜欢谁你都能看出来，眼神骗不了人。

她说，走吧。出租车师傅问，去哪里？林茉说，一直开。

出租车绕着高架桥开了几圈，她把头抵在车窗上，眼泪开始不停地流。她看着车窗玻璃上映出自己的脸，像花朵一样在迅速枯萎。

没有人会给感情定一个期限，她听到心里的那扇门轻轻地关上了，也没有什么想不明白的，变幻的感情，无法愈合的空虚终于将她逼到角落里，支离破碎。

　　她想冲下车去问陆齐铭，为什么要这样对她。她想大喊大叫，想发疯，想给他一巴掌。可是唯一的理智是，她是林茉，她还要有最后的尊严。

　　那些强烈的情绪就像是涨潮的大海，汹涌、翻滚，重叠着在胸口起伏，她深陷其中无法自拔，将所有的尖叫压抑化作无声的绝望。

　　她带着最后的自尊逃回家，强迫自己静下来，她收拾好自己所有的东西，勉强支撑自己要在陆齐铭回家之前离开。

　　他们在一起七年，竟然越来越没有了默契，甚至开始怀疑当初的选择。感情的深浅或许是由时间长短来决定的，但爱情不是，爱情只是一种感觉，证明不了什么。当初有，不代表一直会有，没了就是没了，你只能接受。

　　林茉说，绕这么远的路，结果还是抽到了跟别人一样的答案。真是可笑。

8

如何才能忘记一个爱过的人？

林茉说，我也没有什么好办法，只能咬牙熬过去。他依然是我心中的挚爱，可是我已经不想要为了他放弃一切了。

陆齐铭回家看到林茉的东西都不见了，属于她的痕迹被统统抹去，仿佛这些年她从来没有存在过。

当年的林茉孤注一掷，千里迢迢随他到另一座城市。在这段关系中，她得到了什么？是欢愉？是忍耐，是遗憾还是清醒？陆齐铭给了她承诺又亲手将她置于绝境。既然爱情走到了尽头，她必须接受这代价。

陆齐铭打电话给林茉，林茉只是说，分手吧，好聚好散。

你要离开一个地方，一个你曾经熟悉、热爱的地方，唯一的方式就是决绝。

林茉很快辞掉了以前的工作，那个城市已经没有什么可留恋的人了，更何况是一份工作。

林茉喝完手里的啤酒，对我说，你看，这就是我的七年，我人生中最年轻的七年。我跟你说实话，我也不知道自己该怎么办，幸亏有你，还有地方让我藏身。我来找你之前才发现自己怀孕了，我觉得我这辈子都完蛋了，我难过，我想哭。

我抱着林茉，她靠在我怀里开始大哭，这是她忍了那么久第一次哭出来。

她哭出来就好了，感情总需要一个发泄口，不然会生病的。林茉知道他们走不下去了，分开是最好的选择，但还是很舍不得很舍不得，毕竟，这段感情里有她的七年。

爱情这回事，无非也是一场较量。费了很大的力气在一起，又费了很大的力气摆脱对方。而其中产生的感情，并不会凭空消失，任凭生活下沉的力量使劲捶打、血肉相搏、两败俱伤，再用余生来治愈和修复。

这个过程可能会持续很久，就像偏头痛，不知道什么时候会发作，吃药也只能暂缓止疼，没什么结果，只能忍过去。

我理理她的头发，跟她说，林茉，都会过去的，这段时间你可以逃避、可以发泄、可以哭、可以喝酒，也可以消沉。这是你走出来必须经历的一个过程。没关系的，这痛苦每过一天就减少一点，时间带来的伤痕，时间终究会抹平。

9

我说，林茉你赶紧振作起来吧，因为你我现在都不敢回家了，一回家你妈逮着我就问我你最近到底怎么了。你也别走了，留在北京吧。

她说，大哥，我二十七岁又重新换工作，换城市，会不会太晚了？心里没底。

我说，一点儿也不晚，照样秒杀二十岁出头的小姑娘。工作才是疗伤最有效的方法。

林茉最终选择留在了北京，在家里休息了三个月，去了一家大型互联网公司做行政工作，她之前有相关工作经验，找工作也并不困难。这份工作能让她接触的人多一点，心情会好一些。

她工作时很拼命，她在用忙碌来忘记过往，她只想尽快摆脱目前这种情绪。

林茉与生俱来就有一种不屈的气质，她就像一株山间海棠，去往远方的哪里，过什么样的生活都不重要。她能挺过去，风雨飘摇，目光澄澈，不声不响，默默用力，却美得出众。

杨林说，我觉得她更像生长在海拔三千米雪山上的野生鸢尾。

杨林第一次见林茉是作为甲方代表到林茉所在的公司开会，他是这样跟我们描述的：他走进公司，林茉抱着文件从他身边擦肩而过，她穿一条红色的裙子，眼眸漆黑，脸上的清冷和红色的张扬迅速形成鲜明对比，他跟着转身，忍不住猜她在想什么。

他并不是冒失的，向行政总监打听后才开始接近林茉。杨林说也不知道那个时候怎么想的，就是想认识她。

杨林说，我听说那个时候她刚失恋，我愿意和她从朋友开始认识。我不敢靠她太近，怕她反感我。

我问过他，如果林茉一直不接受你怎么办？

那个时候的林茉是个心灰意冷的人，她已经不对感情抱任何希望，或者说她排斥重新接受一个人。世事薄凉，她已经撞过一次墙了。

杨林摸摸鼻子，说，我是用心在了解她，我能感觉得到，她只是有心结，并不讨厌我。当然了，我也是很优秀的。他说完不好意思地笑了笑。

　　杨林说，我知道她顾虑什么，可那都是以前的事情了，我喜欢的林茉是现在的林茉，她的过去是她能成为现在林茉的一部分。我追求她的时候，她一直拒绝我，她说她和别的小姑娘不一样，她一点都不相信"我爱你"这种话，她说她很早就明白，聚散离别，半点都由不得人。

　　一年不行就两年，三年，反正我就是喜欢她。杨林说，人生不就是一点点地崩塌，再一点点地重建，她的感情世界崩塌了，我就陪她一起重建，没什么。杨林也确实是这样做的，认识的三年里，他用他自己的方式对林茉好，不给林茉增加压力。他对林茉说，我的电话二十四小时开机，你需要的时候随时可以打给我。他在林茉身边做了三年默默付出的朋友。

　　是啊，人生就是一点点地崩塌，再一点点地重建，没什么。

　　林茉说，老耿，我和陆齐铭在一起七年，离开的时候我就

36

决定要将他遗忘，我用了三年才让自己不那么难过，杨林就陪了我整整三年，忘记之后就是重生，他说他愿意带我一起走出去。我不敢再轻易交付，也怕他被辜负。

我说，小茉，你还记得你最喜欢的那首诗里说："倘若这些凋落的残花，能有一朵你觉得美丽，爱就会将它吹送，安息在你的发丝。"

林茉给自己扎了个利索的马尾辫，说，我知道杨林特别好，但是我内心是有愧疚感的，他对我越好，我就越觉得我不值得被他珍爱。但是杨林跟我说，被爱的人不用道歉。

就像林茉爱过陆齐铭，就像杨林爱着林茉，如果再来一次，他们还是会这样选择，爱情中的能量交换是趋于本能，伤害在所难免，我不怪你，我只怪，自己不够强大。

不是一句我爱你，两个人就能在一起。

我与你之间隔着一片海，太平洋的季风，古老城市的灯火，分隔岁月与回忆的经纬线，深海里孤独游荡的鲸鱼，纵使隔着几万光年的距离，如果你无法上岸，我愿意随你隐没海底。

旧事大梦一场，被爱的人不用道歉。

Chapter 2

努力的人从来不信命

我一生都在做自己喜欢的事，成为自己想成为的人
我付出的努力是全部的，所以我得到的也应该是最好的

1

最近一段时间，我总是莫名想起夏小姐，想起她的一颦一笑，想起她夜色下靠着栏杆，抬起头说，哥，这里的很多人都觉得这样生活挺好的，但我觉得还可以更好。

我跟夏小姐最后一次见面是去年的七月份，那天是她三十岁的生日，她给我发消息说，等我结束这边的派对，出来喝杯酒吧，老地方见。

我和夏小姐住在一个广场的前后小区里，广场上每晚都有很多阿姨成群结队地跳广场舞。很多个晚上，夏小姐给我打电话说，下楼聊会儿吧，别忘了带酒。

　　我习惯性地从楼下的二十四小时便利店买几罐啤酒拎着，她拉开一罐啤酒，有时候会说很多话，有时候又不说话。喝完酒她挥挥手，说回去早点睡。

　　我照例拎着几罐啤酒，赶到的时候她已经靠在健身器材那里站着，深深地吸了一口烟，缓缓地吐出来。

　　我嫌弃地说，你能不能像个女孩子，别成天大老爷们儿似的。

　　她掐灭烟头，说，哥们儿，我打算辞职了。

　　我说你用了八年才爬到今天这个位置，说不要就不要了？

　　她拉开一罐啤酒喝了一大口说，老耿，你看我这个三十岁的女人像是在跟你开玩笑吗？

　　我也拉开一罐啤酒跟她隔空碰杯，说，生日快乐啊，三十岁的少女，感觉如何？

　　她说，很奇妙也很有趣。并没有想象中的慌张，二十几岁笨拙的我根本想不到以后的一切都在按照我想要的发展。

　　我们每天都保持着同样的速度与这个世界一起向前奔跑，回想充满想象与失望的那几年，其实是我们最快乐的一段日子，还没有被这个社会打击，每个细胞里都带着兴奋和无畏。也不会想着为钱去奔波，自认为总有一天会在这个城市立足。人生不管怎么度过都有遗憾，管什么明天，一直走下去就是漫长的一生。
　　很多年后，我们回想起这段岁月，依然会感激它。
　　你好，三十岁，最美的年纪，不在过去，在前方。

2

　　夏小姐在一家出版公司一做就是八年，从策划编辑做到出版总监，她一直都是以一种匍匐的姿态在前进。她的每一步都是踏踏实实一步一个脚印走出来的，这样可能慢一点，但是心里安稳，她知道自己靠什么走到这里，也知道自己还能走多远。

她刚工作的时候，连专业都不对口，像所有正在找工作的毕业生一样，夏小姐没有头绪地投了很多家公司，刚毕业，没有任何经验，不知道她简历怎么写的，也陆陆续续得到一些面试机会。

夏小姐说，她对北京的认识就来自于面试，从一家公司到另一家公司，从朝阳区到海淀区，从地铁的这一头到那一头，不出一个月，她已经可以给别人指路了。

那个时候，我经常会约三五好友一起来我家吃饭，夏小姐总喜欢站在落地窗前，看着车来车往的主干道出神，晚上的霓虹灯闪烁得那么不真实，她把我拉过去跟我说，老耿，北京可真大。

是啊，北京可真大，大到让人欲罢不能。

但是这里有全中国最好的文化资源，有最便利的服务，有最多的行业精英，你所有想做的事情都能在这里实现，能够最快速地学习和成长。不是所有的城市都有北京这样的魅力。

我问她，你觉得北京哪里好？

她说，我也不知道，就像爱一个不可能的人一样，明知道没结果但还是忍不住继续，只要能给我一点点希望我就觉得美好。

夏小姐第一份工作，做得勤勤恳恳。她负责对新品图书进行开发，制定产品线的推广策略；策划组织营销活动，对用户数据进行分析和挖掘；将各种资料和文案汇总到一起，提炼出最有用的信息。这份工作看着简单，其实很是繁琐。

她的工作有时也需要出差，每年公司都要安排几十场大型的读者见面会，她要事无巨细地负责与每个城市书店的营销做对接。

出版行业其实是挺缺人手的，你一个新人，公司根本不可能给你安排助理，夏小姐从那个时候就养成了一个习惯，凡事亲力亲为，心里有数，做事就不慌。

她说，虽然我经验不足，但是我肯干活儿呀，干活儿永远是职场上最珍贵的品质之一。

3

刚上班的时候夏小姐还养成了一个习惯，周末没事的时候就跑到办公室加班，没有一个同事，她说自己坐在办公室里想策划方案，会比在家里的效率高很多。

我说，没有男朋友才导致你变成了工作狂。

她倒是一本正经地问我，老耿，你说，大多数的人到了我这个年纪就开始焦虑，生怕赶不上结婚生子这趟车。但是你有没有想过，其实并没有人规定一定要二十五岁结婚，三十岁生孩子，爱情和婚姻都是需要运气的，强求也没用，生命不仅有长度，还有深度和广度。

我在电话的另一端点点头，这样的话也只有夏小姐能说出来。

她说，这个世界上，只有工作不会辜负你，人一旦过了二十五，不安和焦虑开始变成很具象的东西，实实在在地摆在你面前，跨不过去，逃避不了，你想在原地站一会儿，却被生活拽着往前走。所以我干脆在对人生迷茫时就卷起袖子使劲儿工作。

我说，难怪你没有男朋友。她笑着说，我自己加班是因为我在家没事儿干真的很无聊，但是我是绝对不提倡加班的，效率最重要。

不过她说的也对，不出几年，每个人都会觉得自己好像被里里外外重新粉刷了一遍，岁月把你变成一个又一个的复制程序。每天吃一点苦，承受一点失望，人被压力折叠起来，最后面目全非到连你自己都不认识。

那个时候夏小姐开始独立带一个图书项目，公司与作者那边条件谈不拢，每个公司都是一样，总希望以最小的资本投入来换取最大的利润，那次选题会上，夏小姐站在了作者这一边，领导希望夏小姐可以去说服作者接受公司的条件。

夏小姐说，我觉得作者的要求并不高，反而是我们公司太苛刻了。我们看好一个有潜力的作者，应该把专注力放在图书品质和后期营销上，多让一两个版税点对公司其实没有什么影响，成本高了可以在定价上找回，但是对作者而言可以看到我们公司的诚意，用一个版税点的退让换一个忠诚的合作伙伴，难道不是最明智的吗？

她说完，看着全程黑脸的领导，淡定地补充了一句：合作看的是双方的诚意。领导问她，销量谁负责？夏小姐说，我负责。

她为她的作者去争取，并不是因为她不和公司一条心，而是她对自己的项目和眼光都有自信。

她是那种要么不做，要做就做到最好的人，夏小姐尽可能做到每一个细节既和作者讨论，让整体风格不偏离书的内容，又要从专业的角度做好规划。图书的封面也是不停地和设计师修改，为了封面的颜色专门跑去印厂盯色样。营销方面也是根据每一个销售平台的特点去做出不同的方案。

最后的结果当然是理想的，加上作者的配合，她负责的图书销量创造了公司这几年的最高纪录，从此领导对夏小姐也尽量地放权了，夏小姐打了漂亮的一仗。

那次图书项目选题会成为她人生中非常深刻的一个瞬间，也是她的第一堂职场课。

你想要的东西你要自己去争取，如果你想要改变一些事情的结果，那就去证明给所有人看。让一个人闭嘴最有效的方法就是把这件事做得漂亮，足以让他人无话可说。

4

办公室就是一个小江湖，有人拔尖，那么周围必定有一群瞅准机会打压她的人。

我好心提醒过她，凡事低调，搞好同事关系，切莫树敌。

夏小姐说，我已经很低调了，但是该争取的还是要争取，你在职场上对别人温柔，别人并不会感激你的温柔，反而会觉得你是懦弱，以后你会越来越没有主动权。

夏小姐经常给自己提醒，一定要以受众的角度来思考问题。并且她从来不拒绝公司安排的出差，因为能够更及时地了解市场反馈。但最让我佩服的是，这些她自己花时间和精力总结出来的技巧，她非常乐意在例会上分享给别的同事。

夏小姐打趣地跟我说，老耿，你看，我也算是有资源的人了。

我说，其实你做得没错，适当的交流可以丰富经验，有些老编辑虽然对市场敏感度不足，但是经验尚可。

她说，我倒是觉得工作中的同事才是对我帮助最大的，其实我并不喜欢为了尽快积累社交资源而去强行社交，当你和对方的地位不对等时，认识再多厉害的人，也无非是手机里一堆可能一辈子也不会联系的电话号码而已。而和同事、工作伙伴之间的信息置换才是最基础的铺设，并且可以建立双方的信任关系。

我说，夏老师，可以啊，理论一套一套的，受教了。

与其学会战斗，不如学会共处。

职场中要想配合默契，首先要建立起信任关系。今天你对我拔刀相助，明天我也会对你投桃报李。

别小看这种最初的资源积累，这也是在树立你的业界口碑。反过来说，你的优势是你的能力，你想要得到什么，要自己去争取，但是为人处世态度上要谦和，毕竟有礼貌的人更受欢迎。

51

5

虽然夏小姐工作能力强、专业、有判断力，行为很爷们儿，但她的长相绝对是颜值美女，长卷发，也喜欢穿裙子，买好看的包。

她知道全北京城哪里做指甲好看性价比又高，知道哪里接的睫毛又长又卷还不容易掉。

夏小姐经常说，她的人生目标是在这一行里，做漂亮的那群人里最有才华的一个，有才华的那群人里最好看的一个。

出版业相对于其他行业是比较封闭的，所以这个圈子里的女生容易进入一个误区，认为每天都在埋头看稿件、整理文档、对着电脑打字，压根不需要打扮自己，即使打扮了也没人欣赏，所以出版圈整体的衣着风格都是休闲舒适为主。

夏小姐跟我说，我刚上班的时候，有一次穿着高跟鞋，大家看我的感觉都怪怪的，我自己都觉得自己在走秀。

我说那你就换上平底鞋，又舒服又能和大家保持一致。

夏小姐白了我一眼说，那可不行，老耿你不懂，高跟鞋就是女人职场上的战靴。

夏小姐接着说，我发现一个规律，每次我们公司刚毕业新来的实习生都是青春靓丽的，可是转正之后，用不了多久，就会变成扔进人堆里再也找不出来的姑娘了。这个世界对我们女孩子已经够残酷了，不把自己打扮得好看一点又怎么应付这么繁复的工作。

夏小姐常年在办公室准备几双高跟鞋，别人都是一到办公室里就换上舒服的平底鞋，她不，她一到办公室就换上高跟鞋，开始新的一天。

这一行的工作环境相对封闭，更别提在周围找男朋友了，久而久之，这些办公室妹子就懒得收拾自己了。

夏小姐说，女人总是希望为悦己者容，但是，人是为自己而活。打扮自己不仅为了让别人舒服，也是为了讨好自己。每天花点时间给自己搭配一套好看的衣服，画个淡妆，心情好了工作起来就会干劲十足，打扮和不打扮的状态区别是很大的。别小看一双高跟鞋，它瞬间就可以让一个女人精致起来。

这个世界不会因为你长得好看就给你让路，但是让人舒服的仪态是会加分的。夏小姐致力于在工作中越来越好看，她努力向别人证明，谁说好看的女孩子只能当花瓶。她也有抓狂的时候，也有解决不了的问题，也会因为工作压力大而落泪，但是夏小姐哭完擦干泪，踩上高跟鞋，继续去把梦想中的事情一件一件变成现实。

我们的人生，其实一直是一个不断修复自我的过程，活在这个世界上，一定要学会在一大堆失望里找到一丁点儿的希望，然后为此感到愉悦。

6

夏小姐的部门有一个小姑娘叫心怡，毕业后刚来实习，做营销编辑。负责新媒体部分的工作，主要负责每日微信公众号的更新，营销文案的撰写。其实这个工作并不复杂，只是提炼一些有用的文字，对图片进行编辑处理。

但是心怡的状态很差，每天都无精打采，对待工作也只是将夏小姐给她的资料全部堆积在一起，所以经常被夏小姐退回去重做。

那天夏小姐早上去茶水间冲咖啡，听到心怡在和别的同事抱怨，说夏小姐一定是因为嫉妒她的年轻漂亮，所以故意为难她，每次都让她重新做，害她最近经常加班，凭自己的能力一定可以找到一份更好的工作。

夏小姐听后摇了摇头，走了过去。

同事看到夏小姐后，匆忙端着杯子走了，留下心怡一个人站在那里尴尬得不知所措。

夏小姐接了杯热水，对心怡说，我并没有故意为难你，为难你老板也不会为我涨工资。我刚工作时，也跟你一样，做不好的工作被领导要求重新做。但是我和你不同的是，我会自我反思，是哪里没有做好，下次不会在同一个地方跌倒。

她拍拍心怡的肩膀，语气温柔地说，其实你对我交给你的工作并不用心，你只要多读几遍材料，提炼出简洁的核心内容就可以了，而你连看完材料的耐心都没有，这份工作是你从事任何新媒体行业的基础。其实你图片做得很棒，为什么不把手头工作做漂亮呢，以后想跳槽也是很容易的呀。

心怡点点头，但依然低着头，不好意思看夏小姐。

夏小姐安慰她说，好啦，我桌子上有上次从国外带回来的咖啡，要不要尝一尝。

心怡这才抬起头，一脸诧异地看着夏小姐。

自此之后，夏小姐发现，心怡的工作做得越发让人满意，效率也日益提高，而且她其实是一个很有创造力的姑娘。

后来喝酒的时候，我问她，你们组的心怡后来怎么样了？

她一脸得意地说，也不看是谁带出来的，她最近刚被评为公司优秀员工，人也变得更自信漂亮了。

我说，老夏你以后委婉点，你这不是变相夸自己呢，你当时那么说不怕她辞职不干了呀？

夏小姐说，我告诉你吧，女性送给女性最好的礼物，就是激起她的斗志。

夏小姐继续说道，很多人看见一座山，就想知道这座山后面是什么。

她把手里的易拉罐准确投入到对面的垃圾桶里，继续说，我也知道山的那一边很吸引人，但是，我在山的这一边，需要积累能去那一边的资本。把该做的做好，哪怕想跳槽也需要足够高的跳板。

我也完成一个精准的投射，说道，老夏，你现在越来越像一个职业女性了，而且，你成长了很多，你还记得你刚工作时经常因为领导不通情达理、工作压力大而哭鼻子吗？

她哈哈笑着说，这么说，变老也不是一无是处，还增加了那么一点儿智慧。不过你要是问我人生中最重要的事情是什么，我的答案还是，我只相信自己的努力，努力的人从来不信命。

7

夏小姐升职做部门总监的那天，我们俩晚上在楼下广场碰头，她一边喝啤酒，一边吃着关东煮，问我，老耿，你说人到了什么岁数就要开始考虑后半生了？

我说，那你先要想清楚，你二十七岁几乎是这个行业里最年轻的总监了，这是不是你的终点？

她说，当然不是，当一个人适应了高强度的刺激之后，回归平淡，只会感到索然无味。我知道自己想要什么，也知道该怎么做，我想看看自己：一辈子拼尽全力究竟可以到达什么高度。

她叹了口气接着又说，我的一个同事，也是毕业后就和男朋友离开老家来到北京从事文化传媒工作，她结婚五年了，两个人一直在为了买房子努力攒钱，工资的涨幅永远赶不上房价的飙升，现在两个人都三十多岁了，依然买不起房子。我们都劝她年纪不小了，赶紧生个孩子吧。她说，没有房子怎么生孩子，难道送回老家让我爸妈养吗？现在中国还有比留守儿童加孤寡老人更悲惨的组合吗？

熟悉一座城市，只需要在这个城市有一份工作就可以，而留在一座城市，需要在这个城市有一套房子。

我说，对他们而言，人生最可怕的，不是那种生活上的苦，而是心里知道，今天的生活和十年后的生活，也许，并没有多大的变化。但是，依然说服不了自己去安然接受，总觉得，再努力一下，明天也许就不一样了。

夏小姐说，其实我一直把每五年设为人生的一个阶段。我觉得人和人追求是不一样的，有人追求安稳，而有人追求体验。未来还很长，我还是很愿意去感受一下未知的世界。

我说，我周围也有一个同事，在北京八年了，同一份工作一做就是这么多年，其实文化产业工作真的挺磨人的，幕后人员也从来不为人所知，光鲜的都是别人，全凭个人兴趣在支撑。

去年他在女朋友的老家唐山买了一套小户型，平时和女朋友在北京租房，假期回唐山的家休息。他说暂时不会离开北京，北京有他需要的所有文化资源，但是他也很清楚靠自己在北京压根儿买不起房子，那就索性直接放弃，又不是说在哪里买房就一定要在哪里生活。

我看着夏小姐说，但是我觉得你是不同的，你身上有一种气场，你是我见过最有规划的女孩子。你一直都知道自己想要什么，也知道自己该怎么努力才能得到。你感叹的那些青春其实并没有终结，它们一点一点叠加在一起，才成为了今天的你。

人到了一个阶段，总是特别着急，把原本该对这个世界的从容体验变成了按捺不住的比试。好像只有按照这个步骤一步一步地走才不算对命运的辜负。

我最怕的不是年纪的增长，而是怕我活不出自己也成为不了别人。

每年都有无数年轻人带着梦想来到北京，又有无数中年人带着不甘离开北京。

你看地铁呼啸而过时，窗外掠过的那些疲倦的脸和破碎的梦想，身边一片沉寂，一个拐弯，又一个拐弯，从城市的一端，到城市的另一端，无休止地来回往复。

你带着梦想来到这座城市，当你踏足这座城市的时候，已经不会有人再问你梦想是什么了。取而代之的是工作内容、房租价格和物价水平，唯独梦想缺席。

可是，你要知道，这个世界上，所有存在的东西总有一天都会消逝的，包括城市、父母和爱情。而只有梦想是真正属于你的，我们需要给每一个梦想默默的祝福和真诚的尊重，这是你当初留在这座城市的原动力。

夏小姐看着灯火辉煌的北京城，大声地问我，老耿，还记得我刚来北京时你对我说过的那句话吗？你说：我们对生命最大的诚意就是，做自己喜欢的事，成为自己想成为的人！

8

那天我和夏小姐讨论一个关于求职者的问题，起因是夏小姐下班走出公司，忘记带东西又返回公司取，门口站着一个短头发的女孩子，等夏小姐再一次出来时，女孩子还站在那里，一副失落的样子。

热心的夏小姐上前询问，这才知道姑娘是今天下午来公司求职的，从上一家公司辞职后，有一年时间没有工作。但是公司HR一直对她刨根问底：为什么有一年的空白期？这一年你

究竟在做什么？怎么保证上班之后不会出现随便离职的情况？

夏小姐说，老耿，我翻看了那个女孩子的简历，工作履历其实很优秀，但是你觉得职场中有一段长时间的空白期应该怎么解释？

我说，你要改行做人力了吗？其实这种例行询问也正常，我们当初刚大学毕业时不是还被问有没有工作经验吗。

我继续说，其实我觉得人生中有一段空白期是很正常的，每个人工作一段时间可能都需要停下来倾听一下内心的声音：这份工作是不是你真心喜欢的工作？这一份工作做几年之后你是不是还看不到未来？

夏小姐补充道，单纯地找一份工作是很容易的，但是如果你真的想在一份工作中找到快乐，想通过工作的成就感来获取满足感，做自己喜欢的工作，很重要。

我说，我现在每天也面试一些新人，不过跳槽原因和空白期其实我不是很看重，HR做久了每个人都是火眼金睛，应该从一个人的职业素养和对专业问题的分析，来判断是否与我们需要的职位匹配。没有人规定不许辞职，也没有人规定离职后不允许有空白期，我们看重的是个人品质以及是否能为公司创造价值。

夏小姐满意地点点头说，就是这个意思。

普通人向上的决心一般来自他人的肯定，不断强迫自己来达到他人的预期，以此证明对方眼光的独到。而强者之所以强的原因是他们能够为自我划线，在别人还孤芳自赏时，就放下荣光轻松上路了。

这个看起来容易，其实大多数人一旦放弃努力，就会跌入更低的社会层次。再想爬起来需要花比之前更多的力气，干脆顺势躺在跌倒的地方，眼看着自己的不甘，开始为自己感觉到难过。

夏小姐说，我不想看到那种状况，我看那个女孩子的履历真的挺不错，她辞职后去了想去的地方，想清楚了一些人生规划，打算重新投入工作。我不能去跟人事部说，她很适合我们部门，好像我故意跟人事部对着干一样，所以我建议她去我朋友的公司试一下，刚好那个公司也在招同样的职位。

她停顿了几秒，突然问我，老耿，我这算不算多管闲事呢？

我笑着说，老夏不一直靠行侠仗义行走江湖吗？怎么开始自我怀疑了？

9

夏小姐在她三十岁生日那天，告诉我她准备辞职了，除了有点替她感到惋惜，我也并不是很意外。三十岁的夏小姐如果不折腾点"意外"，我反而会意外。

夏小姐是这样解释的：老耿，我这几年也积累了一些资本，加上平时的一些投资和理财也不用担心失业后会饿死，反正目前也不打算在北京买房子，所以我准备找个好地方开家民宿，也算圆我自己一个梦。三十岁之后，我可不想跟我那些同事一样，在格子间里对着流逝的年龄和不断增长的房价而焦虑。

其实，人对于"失去"的焦灼感是趋于本能的，想逐级上升，想成为更好的人，想让大家羡慕。所以有时候更像一个赌徒，已经把人生最好的十年献给了这个城市，不捞一把不舍得放手。

当沉没成本已经到了无法挽回的地步，放弃努力，只会变成原本你看不上的那个阶层。可是当想要潇洒地转身时，已经没有了力气和勇气。

夏小姐自问过，一个人一辈子拼尽全力究竟可以达到怎样的高度？

其实，人的一生如果从二十几岁开始努力，五六十岁退休，一辈子真正奋斗的时间也就二十多年。而这二十多年，你要获得自己一生想要的全部东西。这个世界不存在强迫，每个人都可以选择自己的生活方式和生存质量。

夏小姐安慰我说，老耿，你可千万别劝我，趁我还有那么一丁点儿年轻的勇气，我想去做自己一直想做的事。再说了，我这么聪明，有什么可怕的，人生大不了重来嘛。

我白了她一眼说，我担心的不是这个，你都到了传说中再不嫁就嫁不出去的年纪了，最重要的不是"脱单"吗？

夏小姐又拉开一罐啤酒，也冲我翻了一个白眼说，那你更不用操心了，等我开了民宿，每天都有全国各地好看的男孩子来住，我这么好看，还怕找不到男朋友啊？你还是先关心一下你自己吧。

有时候我们走得太快，经常忘记为什么要出发，连地图都没有的时候，拼了命地往前跑，可能会离目标越来越远。每个人都应该有人生的时间表，我希望自己有足够的勇气去击碎固有模式，也希望自己有足够的运气去见证另一种壮阔。

我说，等你四十岁了，你会更有底气地说：我一生都在做自己喜欢的事，成为自己想成为的人，我付出的努力是全部的，所以我得到的也应该是最好的。

夏小姐说比起二十几岁盲目、不自信的自己，我更喜欢三十岁从容、清醒、温柔的自己，但是我感谢二十多岁时目标明确、持之以恒努力的自己。我现在更加清楚未来十年我要做什么和我能做什么，未来会发生什么我不知道，但我会在每一个机会来临之前都做好准备。

命运是什么？

命运也不过是我们一生中所有选择和努力的走向，努力的人从来不信命。

Chapter 3

聚散别离，好久不见

深刻的感情里总有愧疚存在

后来，一想到那些心心念念的故事和人

即将成为一场遗憾，心就跟着疼

1

许小年是我最好的朋友，但是我们的性格却一点儿也不一样，而这并不妨碍我们能成为朋友。在我眼里，他就是个情圣。为什么都说浪子回头金不换呢？因为这太难了。

几年前，我们总是在夏季刚开始的那些天的傍晚，在我公司楼下的咖啡店外面坐着，一人咬着一根吸管，看来来往往的漂亮姑娘，许小年的小眼神一边四处瞟着，一边问我，你看你三点钟方向那个姑娘长得怎么样？

我顺着他说的方向看过去，说，那姑娘长得太清纯了吧，不适合你。我觉得她身边那个身材丰满的更适合你。

他喝着可乐跟我分析，你看这么多女孩子，我一眼就能看出哪个有男朋友哪个是单身。

我呵呵一笑，你可拉倒吧，你别乱搭讪被人家男朋友给揍了，我可不帮你打架。

他说，喂，你这人有劲没劲啊，必须让你见识一下北京小爷我的实力。

其实许小年长得挺好看的，不是那种奶油小生式的帅，是阳刚式的帅，一米八几的大个子，光看颜值还是有很多姑娘愿意跟他谈一场不求结果的恋爱。

那个时候我们特别热衷于幻想，好像全世界好看的姑娘都排着队等着我们挑选，喜欢哪个就能直接牵着手领回家。

可实际上，我从来没有上前搭讪过，只能眼睁睁地看着许小年身边的姑娘换了一个又一个，每隔两三周举杯祝他幸福一次。

许小年每次恋爱我们都举杯庆祝他找到幸福，许小年每次失恋我们又举杯庆祝他解脱了。有时候是他甩人家姑娘，更多的时候是人家姑娘甩他。明明没有多少感情，但他每次失恋都像是世界末日了一样，喝多了就抱着路边的电线杆子哇哇地吐。

等他吐完了，坐在马路牙子上开始难过起来，我拿手机帮他叫辆车，再把他塞进车里，任务就算完成了。

夏天的北京到了半夜到处都是人，大家流连于一个又一个酒吧，狂欢之后，曲终人散，各回各家。

我一边往回走一边想，可能许小年也很孤单吧，要不然他喝那么多酒干吗。

2

我出差结束，返回北京，飞机刚落地，许小年的电话就打来了，我接起电话还没有开口，许小年声音就传了过来，哥们儿，机场抵达层停车区等你。

我拉着行李出来，看到许小年开着一辆不知道从哪里搞来的新跑车，他戴着鸭舌帽，有点嘻哈，很是拉风。

许小年说，哥们儿，快上车，堵着路了。我赶紧坐进去，一边打量着他，一边说，可以啊，阿斯顿·马丁！

许小年得意地露出他那带点坏的笑容说，也就是DB11，哥们儿随便开着玩！

我说，瞎嘚瑟什么，又要干吗去，坐飞机太累了，送我回家洗澡睡觉。

许小年说，那可不行，吃火锅去，我也给林茉打电话了，带你们这些损友见我女朋友。

女朋友？不是刚见过吗？我迎着风大声问。

新的！许小年也大声回答，也是最后一个了。

刚说完许小年猛的一脚急踩刹车，正好红灯亮了。要不是安全带勒着，我都快被甩出去了。

我说，就算是跑车你能开慢点吗？你生怕全北京人民不知道你开的是跑车吧？这是北京的街道，红灯那么多，你开这么快多危险！

许小年嘿嘿一笑，我女朋友等着呢。

我挤兑他说，以前也没见你这么着急过，干脆你把我放到路边吧，我打车过去跟你们会合，我怕你再来几个急刹车我就不用吃饭了。

许小年说，你也知道这个点儿北京有多堵，我要把你放在路边，我们吃完了你都不一定能到。

我不再说话，抓着车门把手，生怕他再来一个急刹车。有时候我也挺羡慕许小年这个没心没肺的家伙，分手后总能很快投入到下一场恋爱中，好像从来都不会累。

有些人天生就多情，带着征服的欲望去谈一场没有结果的恋爱。

爱情，谁也不知道它究竟是什么。

这人间，满眼尽是流云离别与新欢旧爱。

3

我们到火锅店的时候，冒着热气的火锅对面坐着一个姑娘，眉眼明亮，白白净净。说不上多漂亮，只能说跟别的女孩

子不一样。

看到我，姑娘站起来落落大方地自我介绍——我叫骆梨。

等等，这姑娘怎么好像在哪里见过呢，我在记忆库里搜寻，哎呀，这不就是那天许小年瞄上的那位清纯的姑娘吗？

许小年一副小人得志的样子说，见识到小爷的厉害了吧！来来来，别愣着啊，喝起来啊！

佩服佩服，我对许小年说完，转头又问骆梨，你是怎么被他骗到手的？

许小年举着啤酒说，看见没，兄弟们，打今儿起我许小年决定"从良"了，再也不换媳妇儿了，你们可给我做个见证！

我呸，除非太阳打西边儿出来。当着人家姑娘的面我也不好说什么，象征性地祝福了他一下。

吃过饭，林茉拉着骆梨走了，她太好奇许小年怎么就"从良"了，非要骆梨讲讲。剩下我们俩站在路边等代驾，我也好奇，问许小年到底怎么联系上人家姑娘的。

据许小年的描述是这样的：我刚出差那两天，许小年一哥们儿开了一家小清吧，他过去捧场。舞台上唱歌的是个年轻姑娘，虽然化了浓妆也能看出清爽的面容，他坐在吧台盯着唱歌的姑娘看了一会儿，愣住了，这不是前两天路边那个清纯的妹子嘛，唱歌还挺有感觉。用许小年的话来说，缘分来了挡都挡不住。

这种天赐良缘许小年肯定不会放过，他对着手机整理了下头发，姑娘唱完下台他就去要微信号，心想着先加上以后就好联络了。

姑娘冷冷地问他，你为什么加我？

许小年说，我就觉得你特像我未来的女朋友。

哪承想这种搭讪方式对姑娘并不受用，要了一杯啤酒坐在吧台不再说话。

许小年也要了一杯啤酒，一遍一遍地说自己不是坏人。

姑娘烦了说，那这样吧，你只要喝得过我，我就给你微信号。

许小年一听，那小暴脾气就上来了，自己的酒量还从来没有输过谁，喝不过女孩子还要不要在江湖上混了。

姑娘拿起杯子"咕咚咕咚"下了肚，许小年傻眼了，不能认怂啊，只能一杯接着一杯地陪着姑娘喝。不记得喝了多少，最后人家姑娘尚且清醒，许小年却被喝倒了。姑娘给许小年叫了一辆车，连拖带拽地把他塞进去，就走了。

我着急地问他，最后微信加没加？！

当然！要不然怎么联系上的，他脸上挂不住地说，就我上车前死缠烂打加上的。

我揶揄他，许小年，真是没出息呀，太丢人了！

4

后来有一次许小年专门把我们叫了出来。

"问你们一个问题，人在什么情况下，会想问对方你爱不爱我？"许小年问。

"当爱着对方，也想被对方爱着的时候。"我几乎想也没想回答道。

"当身体和灵魂都想跟着对方一起逃走的时候。"林茉说。

我盯着许小年看了一会儿，然后问他，你不会玩儿真的了吧？看得出骆梨跟你之前谈过的那些小美女都不一样，你要是做不到长情可别招惹人家。

许小年说，以前那些都不算，这次才是爱情。

林茉也摇摇头，难以置信地说道，我才不相信浪子能回头呢。

我是这样分析的，许小年从前的恋爱都是女方更主动，只有骆梨，自始至终都对他冷冰冰的，反而激起了他的斗志，可在我看来这明明是一种征服欲。

许小年无奈地看着我们俩，说道，我在你们眼里就这种形象吗？

我和林茉都点点头。

许小年的家境不错，衣食无忧，每个月的零花钱比别人一整年的工资都多，上班就是为了打发时间，成天吊儿郎当的。但他觉得骆梨跟围在他身边那些女生不一样，长相不一样、思想不一样，哪哪儿都不一样。

哪里就不一样了？林茉还是不明白许小年在说什么。

许小年不理她，继续说道，本来我也以为这就是一个酒吧驻唱的小姑娘，化个浓妆扮成熟。一开始是你说的那样，她只是激起了我的征服欲。我连着几天晚上去我哥们儿那酒吧喝酒。

有一天晚上，骆梨唱完了下台，一个喝多了酒的男人拉住她，点歌要求她再唱一首。骆梨说下班了，男人掏出来几百块钱，扔在她身上说，装什么纯，老子有钱，让你唱你就唱！

骆梨耐着性子又说了一遍下班了，想听歌明天来。男人不依不饶，继续叫嚷着。许小年过去拉骆梨到身后，把地上的钱捡起来扔在男人脸上，说，谁稀罕你这几个钱，不怕挨揍你再扯一下我女朋友试试！

许小年把骆梨带出酒吧，说，好好一姑娘，混什么酒吧？

骆梨停下来问他，酒吧怎么了，唱歌就不是正经职业吗？我的事不用你管！

不用我管？要不是我，你知道后果会怎样吗？许小年声音降下来，说，我不是那个意思，我是说你一个女孩子，又漂亮，这么晚不安全。

骆梨说，许小年，我要说几遍我们不合适，我们的家庭、生活经历、未来要走的路全部都不一样，你轻轻松松拥有的一切我们这种人拼命都不一定能拥有！北京那么多好姑娘，哪个不比我条件好？

许小年看着骆梨的身影，笑了笑，突然想起赵敏对张无忌说的那句：我偏要勉强。

5

后来许小年跟骆梨混熟了才知道，骆梨是北京一所高校经济系的研究生，单亲家庭，跟着父亲长大，想去国外深造又不想父亲太辛苦。因为唱歌好听，晚上兼职去酒吧驻唱，没时间跟许小年一样瞎混，更没时间跟许小年拿出一整天时间来谈情说爱。

后来许小年便跟着骆梨混，他不再去泡酒吧，一有时间就跟着骆梨去上课，跟着骆梨在图书馆查资料，跟着骆梨在咖啡厅写论文。许小年听不懂什么利润率和资本周转，盯着总需求曲线的图就睡着了。

许小年不懂是一回事，但他跟骆梨说，媳妇儿你太厉害了，以后我开公司，你管账。

骆梨抬头冲他翻了个白眼，谁是你媳妇儿！

许小年每天早晨都会唱一首情歌发给骆梨，她醒来就可以点开听，这样每天醒来她都可以感受到他在对自己表白。

我是挺佩服许小年这种没脸没皮的精神，反正最后骆梨同意跟他在一起了。他俩天天在一起学习，倒也给人一种要天长地久的感觉。

这个世界上的爱还真是千奇百怪，爱上一个人的理由有很多种，比如突如其来的保护欲，当我爱你的时候，我就想你是属于我一个人的，想把你揣进兜里，想让你的眼睛里只有我。

许小年经常对骆梨说，你别再去酒吧唱歌了，我养你，我的钱够咱俩花的。

骆梨不说话，她的自尊心不允许她这样做。有些人没有别人天生的运气，只能付出加倍的努力才能获得自己想要的东西。

北京这个城市有很多像骆梨这样的姑娘，原生家庭没有给过她们安全感，更谈不上做精神后盾，如果不努力奔跑，很快就会被原生家庭的阴影所吞没。她们不习惯把情感寄托在别人身上，这是许小年这种富裕家庭出身的孩子无法理解的，他给的并不是骆梨需要的。

这种女孩子独立惯了，她们害怕麻烦别人，她们不会撒娇要你买东西，不会让你拧开矿泉水瓶子，不会黏着你怕你走远。

许小年经常抓狂，骆梨，你能不能试着柔软一点儿，你不知道男生都喜欢那种娇羞的、让人有保护欲的女孩子吗？

6

许小年和骆梨谈恋爱的时候，我们每周固定的聚会地点就变成了骆梨驻唱的酒吧。

许小年逮着谁跟谁说，台上唱歌那个是我媳妇儿，唱得好听吧？

许小年说这是给骆梨捧场，也是提醒别人骆梨名花有主，别打她主意。

他经常看着台上的骆梨发呆，跟我们说，骆梨白天要上课，晚上还要辛苦地来唱歌。我心疼她，我说不用这么辛苦，我又不是没钱给她花，她不愿意，我给她买贵点的东西她也不愿意，也就只能晚上等她忙完了带她吃点好的补补了。

我喝着小酒给他分析，一般单亲家庭长大的女孩子，自尊心强，她们比谁都要强，但也特别敏感。你觉得谈恋爱你花钱天经地义，但对于骆梨来说就是一种负担，她需要那种对等的感情。

林茉说，我就是觉得骆梨唱歌唱得人挺难过的。

许小年说，那我怎么做才能让她放下负担，轻松一点呢？

我说，和她一起努力，不要让她觉得她在孤军奋战。我看了眼许小年又说，你真该收收你这吊儿郎当的少爷做派了。

林茉点点头附和，没错，你要拿出个态度来让我们相信你真的洗心革面，打算认真对待一份感情了。

骆梨唱完歌走下来，林茉顺手递给骆梨一杯啤酒，许小年立马夺过来，换了一杯橙汁给骆梨，警告我们，以后不许劝骆梨喝酒。

我们都以为骆梨和之前围绕在许小年身边的任何一个女孩子没什么不同，过眼云烟而已，只是没想到这抹云烟绕在他身边这么多年。

年轻的时候许个承诺太容易了，总以为约定好了等着那一天到来就行了，那些看似玩世不恭的少年，其实心思比谁都细腻缜密。

我从来不相信浪子能回头，我只相信一物降一物。

许小年搂着骆梨的肩膀说，小爷我这辈子就娶她了，不是她，你们可以不用来参加我的婚礼。

7

许小年当然没有娶骆梨，或者说，骆梨没有嫁给许小年更准确。

有些事情，像一开始就注定了结局一样。

两年后骆梨毕业，进了一家金融公司，工作很忙，她不再去酒吧兼职，但经常要加班。许小年用家里的投资开了一家互联网公司，当上了小老板，没事的时候就打打游戏，凑个局唱唱歌。

毕业后的骆梨不能再住学校的宿舍，打算在公司附近租个房子住。许小年说，你都毕业了，要不就搬过来跟我一起住吧，我还能照顾你。

骆梨不同意，说不合适。

许小年说，怎么就不合适了，你知道你们公司附近的房子有多贵吗？不是你一个月工资可以负担得起的！你总不想一个月的工资全部交给房东吧？你要是住得太远工作起来会很辛苦，你要是跟别人合租，万一房客是男性我也不放心。

骆梨盯着许小年说，那我也不会搬到你那里去住的。

许小年说，你们公司附近都是老小区，监控设施都不完善，我不放心，既然你不愿去我家住，我搬到你那里住总可以了吧，你晚上加班我还可以接你。我和你一起找房子，我知道你要强，你就当作跟我合租。

骆梨点点头，只好妥协。

其实这两年许小年变化挺大的，他开始学着如何做一个好的爱人。

这个世界情欲随处可见，而爱太稀缺。

许小年过年带骆梨见他爸妈，家里有客人，客人问，小年带女朋友回来了？许妈妈微笑着，漫不经心地回答，普通朋友过来吃个饭而已。

骆梨瞬间就愣住了，她转头看了许小年一眼，许小年欲言又止，终究只是尴尬地笑了笑。骆梨饭也没吃，礼貌地坐了一会儿就告辞了。

许小年问许妈妈，你明明知道我和骆梨在一起这么多年了，为什么当着别人的面让她难堪？

许妈妈说，听说她以前在酒吧唱歌，她跟你在一起无非是为了改变命运吧。

许小年说，妈，骆梨特别优秀，她打工是为了挣学费，她从来没花过我的钱！

许妈妈说，那是放长线钓大鱼，这种家庭的孩子我见多了。

许小年生气地关上门，跑出去追骆梨，向她解释道，你别误会，我妈不是那个意思。我们还没走到谈婚论嫁那一步，我妈也不好乱讲。

骆梨站在楼下，点点头说，我理解，你先回去吧，大过年的多陪陪家人，我想自己走走。

也说不上失望，有些事情心里已经有过预期设想。

他们之间开始得太快，太浪漫，如果真的一切都按照约定兑现誓言，反而超出了浪漫的范畴。

恋爱很简单，只要两个人相爱就可以，但是婚姻关系到一个家庭与另一个家庭。

她真的能理解，许妈妈不喜欢她，因为瞧不上她的家庭和出身。

骆梨心里清楚，她想要一份单纯的感情，一个单纯的恋人，本身就比别人困难许多。没有妈妈，她从小就比别的孩子懂事又强大，她不强大就没法保护自己。她们这种小孩自我保护的方法就是，一旦发现别人不是那么喜欢她，就会及时控制住自己的感情，再喜欢也不过多表露。

她不怪许小年，甚至她羡慕许小年可以被保护得很好。

8

许小年约我们出来喝闷酒，地点还是骆梨之前唱歌的小酒吧，只是唱歌的人已经不是骆梨了。

林茉说，许小年，骆梨在乎的不是你妈喜不喜欢她，而是你没有尽力维护她。

我点点头说，你连自己的老妈都搞不定就敢带人家姑娘回家啊？

许小年抓着脑袋说，你们也知道我妈，一直想让我找个本地的姑娘，我说得越多我妈当着客人的面让骆梨难堪怎么办，你们知道我妈都在给我安排相亲了吗？前天我在洗澡，手机放在桌子上，我妈给我发消息说这个事儿时被骆梨看见了。

我急了，那你还有空在这里讲废话，去找人家解释啊！

许小年说，主要是她没有表露出任何情绪，依旧还是以前的样子。

林茉问，你确定是以前的样子？

许小年说，嗯……就是气氛上有那么一点点变化，我也说不清楚，总感觉有距离了。她放在工作上的时间更多了，我也就早晨能见她一会儿，已经很久没有和她好好说过话了，要不我能找你们出来吗？

一周之后许小年过生日，我们大家约着一起吃饭。

骆梨举杯说，来，我们祝小年生日快乐！希望你每天都像今天这么快乐！

然后她又说，趁着这个机会，我宣布一件事，公司派我去美国学习一年，我考虑了很久，不想错过这个机会。

许小年面露愠色，生气地问，你已经决定了，只是通知我一声？

骆梨说，你这么忙，还有时间听我说这些无关紧要的事情吗？

许小年扯着嗓子问她，你到底什么意思？你对我有意见直说啊？

骆梨说，我对你没有意见，是你们家对我有意见。

气氛瞬间变得很尴尬。

林茉赶忙打圆场说，派出去交流是好事，今天是小年生日，双喜临门的事情，你们别这样呀。

我也赶紧附和，就是呀，来，喝酒，我们走一个。

那晚骆梨喝了很多，许小年也喝了很多，就像他们刚认识的那一天晚上。记忆里，自从他们在一起后，骆梨再也没有喝过这么多酒。

我们也不知道事情怎么就到了这一步，明明是互相喜欢的两个人，最终却错失在彼此的人生里。

但是我能理解的是，因为彼此在乎，他们在对方面前无法做一个最得体的爱人、最善解人意的朋友。

因为人只有在精力充沛的时候才有能力去照顾对方的感受，如果已经自顾不暇，只会不知所措。

94

9

许小年也记不清从什么时候开始，他们之间的聊天记录毫无连贯性，亲昵的称呼不见了，交流毫无意义，甚至连争吵都没有了，生活中也没有那么默契了。

他们只是沉默地对抗着彼此，既不争吵也不哭闹，一个假装漠不关心，一个假装毫不在乎。

许小年不再一下班就往家里跑，骆梨已经不在家里等他了，她有很多工作要做。

以前一个电影他们就能讨论一整个晚上，现在找话题都说不了几句。

骆梨怕冷，以前每次从浴室出来，许小年都会把空调温度调高几度，现在他装作看不到，只是坐在沙发上玩手机。

他们躺在一张床上，背靠着背，各怀心事，却不愿意转过身拥抱一下对方。

林茉看着着急，约骆梨去健身房做运动，骆梨在跑步机上跑了半小时，盘腿坐在地上休息。

林茉问她，什么时候走？

骆梨说，下个月初。

林茉问，他知道吗？

骆梨擦头发的手停住了，顿了片刻说，他知道，我提出分手了，你知道吗？

林茉吃惊地摇摇头问，闹着玩的吧？别看许小年不说，他挺在乎你的。

我知道我们两个没有未来，太累了。他也没有以前快乐了，骆梨叹了口气继续说，我们在一起时，空气里只剩尴尬和沉默，这段关系没必要再继续了。

骆梨走的那天，我们去机场送她。

许小年拉不下脸，被林茉连拖带拽地拉到了机场。

骆梨站在安检口，眼睛红红的，我从后面推了许小年一下。

许小年只是双手插着口袋，故作潇洒地说，去美国好好照顾自己。

但是那天晚上，他一个人喝得烂醉。

骆梨走后，许小年从他们共同租住的房子里搬了出来，但每次聚会，还是会将地点定在骆梨之前唱歌的酒吧。

我假装严肃地夺过他手里的酒杯，问他，按照惯例，是不是该庆祝一下你又解放了，你一脸愁容算什么？

许小年说，有没有良心啊！小爷我以前一直以为相爱的人永远不会分手，哪怕世界末日我也不会丢下她不管。但是生活远不如我们预想的那样理想，我们没在一起，不是因为不合适，而是因为我没有那么坚定，让她失望了。我妈说她配不上我，不是的，是我配不上她的好。

我叹了口气没再讲话。

其实我们聊来聊去，最后心疼的也只是自己，哪有那么多相通的感情，又怎么会感同身受？

我们很年轻，彼此相爱，却不知道如何相爱，只能彼此消耗，直到彼此厌倦，一点挽回的力气都没有了。人往往比自己想象的更无情。

10

　　我们已经很久没有骆梨的消息了，她的微博、朋友圈都很安静。大家平静地生活，对过往只字不提，仿佛约定好了一样。

　　许小年也开始把时间放在工作上了，他口口声声跟我们说不能让骆梨看不起他。但我们知道，他过得并不好。

　　真正失去一个人之后，你会发现其实分开就像一场覆盖住整个世界的大雪。什么都看不到了，就像她从来没有来过。

　　雪化了，所有的一切却还是那么清晰，你们共同生活过的地方，每个角落都有她的身影，你看她在那里冲你微笑，你多想过去抱抱她，问问她，你可不可以回来我身边？

　　几个月之后，我们去参加林茉的婚礼。

　　婚礼结束后，许小年一个人站在海边。

　　林茉走过去对他说，虽然骆梨一直让我告诉你她过得很好，但是作为好朋友，有些话我还是想跟你说。

　　骆梨跟我说，"我刚来美国的时候，生了一场病，经常心慌、胸闷、想哭，去医院做了这几年来最全面的检查，什么问题都没有，我才意识到，是我失恋了，心里难受。隔着十几个小时的时差，我白天工作，晚上自我消化，我想他，我好几次忍不住想给他打个电话。

　　"可是我不能打，我走之前，小年的妈妈给我打过电话，她说希望我能理解一下他们做父母的心，她说他们老了，希望小年能够找个门当户对的女孩子在一起，感情都是可以慢慢培养的，只要我走了，小年总有一天会忘了我。

　　"我知道我们两个家庭条件差距大，小年妈妈总觉得我是为了他家的房子才和他在一起。可难道因为家庭条件不好我就不配得到爱情吗？我自认为我除了原生家庭，并不比许小年差在哪里。我努力地学习、努力地工作，我想要的一切都是我自己争取来的，即使这样，我还是无法跟我喜欢的人在一起，为什么？

　　"这边的工作强度很大，时间被排得很满，我怕自己忍不住找他，我每天都是最后一个离开公司的人。我告诉自己只有优秀到被人仰望，才能不被人轻视。"

林茉对许小年继续说，我知道你过得不好，她也不好，可能你们都在等着对方先开口吧。可是，许小年，你明知道她这么拼命只是想得到你家人的认可，你却不和她一起努力变强大去保护她的尊严，你们为了表面的骄傲谁也不妥协就这么内耗着，你们这不是爱情，是自私！

爱情没有那么难，就是我想和你在一起。

因为我坚定地知道我的未来必须有你，我会克服任何困难去接近你，哪怕日后漫长的岁月里一边等待一边凋零，只要你还想和我在一起，我就愿意做任何尝试，而你想要自由，我也愿意给你解脱。

许小年眼眶红红地盯着大海说，是我做得不好。我没有保护好她。

林茉说，许小年，人这辈子遇到一个你爱着他，他也爱着你的人太不容易了。

许小年点点头，一边跑一边跟我说，你自己回北京吧，我先去机场了！

我隔着海浪声喊他，你去机场干吗？

他大声说，回北京办签证去美国啊！

很多时候，我们都说，爱情和婚姻不是一回事，和我们走进婚姻的人，不一定是我们最爱的人，但一定是最合适的人。可是，不爱又怎么会合适呢？

我不说话是因为我害怕开口就说些伤害你的话，哪怕不是我心中所想，但我又是那么害怕今生会和你擦肩而过。

深刻的感情里总有愧疚存在，后来，一想到那些心心念念的故事和人即将成为一场遗憾，心就跟着疼。

我不希望这个故事这么自顾自地翻过去，我仍记得第一次见到你时的样子，也记得你第一次看到我时的样子。

聚散别离，好久不见。余生太长，她太难忘。

Chapter 4

没有归期的故人

一个人想要爱他人，首先要爱自己

一个人想要成全他人，也首先要成全自己

记忆里的事情总是带着些许偏差，所以有些人拼命地想记得，而有些人，又完全不想回到过去的人生，只能拼命地往前跑。

1

那年梁西宁二十九岁，在一家大型娱乐公司任职公关总监，每天的工作都很忙碌。工作会议、日程安排、发布通告、维护合作渠道，以及跟这个世界上曝光率很高的一群人打交道，用自己的品位和审美指导着一组组大片的拍摄，衣柜里永远挂满了各个品牌最新的服饰。

她是一个把工作和生活分得很清楚的女孩子。工作繁琐，生活简单，不爱说话，性格独立。过了一定年龄，交心就是纯体力活，她只相信自己。

这个世界上活得明白的人不多，这么多年，她已经习惯了，或者说她已经懂得怎样做一个合格的职场人，她见过太多的年轻女孩子迫不及待地想要走捷径，这也无可厚非，拿自己所有的换自己没有的，并没有什么不好。

人在各种场合里表现出来的，更多的是某种预期，跟现实之间存在着某种不为人知的偏差。每个人在讲自己的真实看法之前都会估量一下，考察眼前这个人值不值得我们费心营造所期待的生活氛围，梁西宁有时候也不懂是什么原因，抑或仅仅是因为现实中值得振奋的事情太少了，反而需要营造一种幻觉来成就一段精致的人生。

但它是有副作用的，就像《盗梦空间》，为了设计一场圆满的景象，企图遮蔽所有人能看到的真相，现实被割裂成一个一个的片段，有时也会越出边界，脱离最初的目标。直到连自己也无法分辨真伪，游离在梦境的边缘。

这段工作的经历为她后续的人生做了一个很好的铺垫，以至于很多年后她才懂得一个道理，许多事情并不是想明白了之后才无所谓，而是无所谓之后才能想明白。

2

顾之恒一直觉得，现在的梁西宁更像一株枝繁叶茂的常绿乔木，一直在生长。这些年她变了很多，也世故了很多。

有些人就是这样，不管在不在一起，心里总是会惦念。顾之恒还是习惯把梁西宁当作唯一的倾诉对象，给那些难以倾吐的话找一个出口，仿佛多一个谅解，就能多一个同盟。这也算兵荒马乱中的一点真情了。

要怎么来解释这种真情呢？

三个月前，梁西宁说，我们分开吧。顾之恒问，理由呢？梁西宁坐在桌子对面，停顿了几秒钟说，因为我们太相似了，我们可能更适合做朋友。

顾之恒安静地听完，点了点头说，我尊重你的决定，我们分开给彼此一段喘息的时间，但是，西宁，你要明白，我们是最合适的，你随时可以回来。

顾之恒递给梁西宁一个牛皮纸信封，他说，想不明白的时候再打开来看。我想留下你，但我更希望你忠于自己。

她和顾之恒分开，不是因为她不爱他了，恰恰相反，她很爱他。顾之恒是她这辈子唯一的软肋。

他太了解她，比她自己还了解自己。我们终其一生不过是想找一个懂得自己的人，这个懂得也有一定的范围。超出这个范围，你就像看到另一个自己，两个自己在一起只能相互撕咬或者徒生爱怜。一段好的关系应该是让自己更自在，不需要伪装成另外一个人来配合这段关系。

梁西宁有时候会想，爱情中最重要的是什么？是两个寂寞的人相互慰藉，还是为了对方可以牺牲自己的一切？顾之恒经常说，爱一个人就会愿意为他做任何事情。

相爱仿佛给了对方特权，可以侵入到彼此生活中最私密的部分。

梁西宁觉得爱情中还是要足够地保留自己。可是爱情本身又是矛盾的，我们希望爱人永远是我们初见时心动的样子，可人总是会变的，光你遇到他这一件事，就足够把你变得面目全非。

不知道为什么这对话如此的简短，这只是梁西宁一个人的决定。顾之恒明白这个年轻女子心里在想什么，她做这个决定也一定深思熟虑了很久，不妨随她去。

3

梁西宁喜欢收集漂亮的高跟鞋。鞋跟的高度代表欲望，尖细的高跟鞋敲击着地面，发出清脆的声音，她喜欢这样的声音，步履越自信，声音就越坚定。

她第一双高跟鞋是顾之恒送的，Jimmy Choo 的经典细高跟。顾之恒蹲着把鞋子给梁西宁穿上时说，我们活在这个世界上，每天都要去承载生活压力，你需要一双漂亮又舒服的鞋子，才能走好每一步。

梁西宁站起来，看着踩着高跟鞋的自己，二十二岁那年的她第一次觉得自己像个女王，就算站着，也能在黑暗中发出光来。

后来她经常看着T台上那些踩着细高跟的年轻女孩子，她们的脸庞美而清冷，走在舞台上那么耀眼，她们如同攀藤四季生长的蔷薇，不管以后的命运如何，此刻的她们眼里充满着欲望。

当年的她也是，在最孤独的时刻有人给她温暖的怀抱，她只想紧紧地抓住。

那个时候的梁西宁就知道，她可能一辈子都要与这个男人纠缠下去。就连她心中的渴望他都一清二楚。是的，顾之恒觉得梁西宁应该站在最高处，俯瞰整座城市。他也知道这个女孩子心里的害怕和犹豫，他能做的就是站在她身后，对她说，大胆往前走，跌下来我也会接着你。

可是为什么会难过呢？

她已经不是二十二岁的梁西宁了，她有能力选择自己想要的生活，她心里却知道，她和顾之恒不一样，这些年，顾之恒对她来说是爱人，是兄长，是引导者。她从懵懂无知，到长成一个从容自如的人，费了多少力气只有他知道。

梁西宁知道自己的运气很好，一迈入社会就有人指引她该往哪里走，避开毫无意义的社交，不用刻意地拉拢关系，不用违心地奉承。她可以用全部精力去尝试自己喜欢的事物。

只是现在，她不再说"试一试"这样的话了，她明白更多的时候时机和运气会彻底打败一个人。而她这个年纪，更多的是靠实力，运气是年轻女孩子才拥有的特权。

4

七年前遇到梁西宁那一年，顾之恒三十二岁，是一家上市公司的营销总监。梁西宁第一次见顾之恒，是在西雅图飞回北京的深夜航班上，长途飞行使人疲惫，她一觉醒来，发现旁边的男子一直在灯下看一本很厚的书。

这是顾之恒这几年来第一次坐经济舱，座位的局促令他无法伸展自如，因为睡不着，所以一直在阅读。

她抬起眼，开始细细打量身边这个男人。竟然想到《大明宫词》里，太平初见薛绍时说的那句话，"我从未见过如此明亮的面孔，以及在他刚毅面颊上徐徐绽放的柔和笑容"。

梁西宁一直觉得顾之恒身上有一种军人气质，五官端正，眉目犀利。她那时便觉得这张面孔似故人。

漫长的旅途，他们有过几次简单的交谈，梁西宁便沉沉地睡去。

顾之恒摇醒沉睡的梁西宁时，飞机正在缓缓下降，午夜飞行最容易判断一座城市的繁荣程度，坐在窗边的梁西宁，头倚着玻璃，俯视着罗盘般的霓虹图。下方就是北京了，纵横交错的街道，规矩又神气。

顾之恒在机票上写下自己的电话号码，递给梁西宁。他说，如果有什么需要帮助的就打这个电话。

世界上有一种关系很微妙——趋自本能地想要接近，自己都不知道是什么原因。他不是那种会随意搭讪的男人，却莫名想认识这个女孩子，或许是他从未见过像她一样疏离的眼神。她的瞳孔很深，清冷与温暖在同一双眼睛里交融。

梁西宁接过写着手机号码的机票，对顾之恒说，有缘再见。

很多年后，顾之恒想起这个场景，竟然觉得可爱。这大概是他此生做过的最不可思议的事了。他不愿意敷衍，他要找的是灵魂伴侣。

5

他们在一起也算迅速，梁西宁一直觉得，人与人之间的缘分，两三分钟就可以确定。她有她自己的判断，不需要听任何人的建议，也不要跟任何人打探。她想知道的会自己去问他，她一直是活在当下的人。

顾之恒是一个很好的爱人，以前梁西宁就听别人说过，最好的宠爱大概是他一直拿你当女儿对待，替你拿主意又能给你足够的自由。他会给她找很多适合她的专业书籍，会给她一些职业上的指导，会给她做好吃的饭菜。他更像一个好对手，让她的每一个细胞都持续兴奋，充满了创造力，这样的恋爱自然是一场高级享受。

初识的梁西宁在顾之恒眼里像一只生活在热带雨林里，长着啮齿的小兽，让他每次想靠近又犹豫，保持距离却被神秘感一直控制着前进。

北京和西雅图的气候不一样，北京是舒服的四季分明，不像西雅图一年有九个月是雨季。她刚工作的时候只是一家娱乐经纪公司的助理，工作地点是一座很高的写字楼，落地玻璃可以看到这座城市最美的落日。梁西宁特别喜欢这座城市的晴天，她经常拍下晴天的云朵发给顾之恒，她说，你知道吗，这个高度仿佛伸手就能够到云彩。

那个时候的梁西宁，大概也希望心爱的人有一天会乘着七彩祥云来接她。

顾之恒觉得，这可能是梁西宁最快乐的一段时间了，因为无知也因为无畏。后来，顾之恒经常会想念那时的梁西宁，我们总喜欢用后来这个词，可是中间发生了什么，说了什么，没有人能记得清楚，但是有那么一瞬，也就足够了。

顾之恒也从梁西宁身上学到了很多，享受当下，接受无常。这个世界上最常见的是名和利，最难得的是花好月圆，一生若能得一个情投意合的爱人，便只想诚恳地给予。

6

见过世面的女人分两种，一种是靠运气——遇到有能力的人直接带她们飞上去；一种是靠实力——自己踩着自己的经验和教训爬上去。

在娱乐圈工作的人，看似光鲜亮丽，背后其实很辛苦。他们不仅要跟各大品牌的公关们相爱相杀，还要挖掘新晋艺人、整合影视资源、媒体资源、演出资源，协调通告事宜。

那段时间梁西宁忙得不可开交，不过她还挺享受这种忙碌。娱乐圈这一行也很残酷，梁西宁有时候看着公司里那些吃青春饭的女孩子，心里也是忍不住地感慨，这么多人，能被命运垂青的又有几个。

梁西宁提前结束出差回到北京，没有告诉顾之恒，下了飞机，她打车抵达他住的地方。顾之恒打开门，看到风尘仆仆的梁西宁，她抱着一束小苍兰，略显疲倦。顾之恒拉她进怀里，说，你先去洗个澡，我给你煮碗粥。

这套公寓干净整洁，能看出主人的自律和严谨，整个房间的风格是统一的冷色调，厨房有整套的设备，梁西宁心想，这很符合顾之恒的气质。她找来一个大的玻璃瓶，接满清水，把小苍兰插进去，绿色的植物让家里瞬间多了一丝温情。

平时见多了艳丽繁复，梁西宁回家最喜欢换上舒适的家居服。顾之恒揉揉她的脑袋，帮她盖好被子说，你先睡会儿，我处理完工作就过来。顾之恒替她关上灯，又轻声带上门，梁西宁突然觉得，一辈子这样也挺好。

梁西宁看着从窗外照进来的月光，她好像很多年没有留意过月光了，黑暗的房间让月光显得格外皎洁。顾之恒推门走进来，问她，睡着了吗？她说，没有。

他也和衣躺在床上，然后他说，西宁，过来。他把梁西宁拉进怀里，下巴抵着她的脑袋。梁西宁突然觉得很委屈，便往他的怀里又蹭了蹭。

顾之恒看着屋里的月光，想起张爱玲笔下《倾城之恋》中的情节："白流苏战战兢兢拿起听筒来，捆在褥单上。可是四周太静了，虽是离了这么远，她也听得见柳原的声音在那里心平气和地说：'流苏，你的窗子能看得见月亮么？'"

梁西宁，很高兴能与你一起看月亮。

7

梁西宁出生在西宁，那是她父亲的老家。自她出生，母亲就带她去了西雅图，从此再也没有回去过。母亲很少说父亲的事情，梁西宁也不问。她从小就过于懂事，懂事的孩子都容易早熟，她经常把自己关在房间里不出来，一个人安安静静地看书。她看书上说西宁是一座海拔很高的城市，不远处的茶卡盐湖很美。

她的名字是母亲给取的，跟着母亲的姓，她们是母女，也是彼此唯一的朋友。母亲独自抚养她，却尽可能给她足够的爱，教她要倾听、要交换、要平和，并注重培养她的天赋。梁西宁小时候，母亲走到哪里都会带着她，让她知道，需要的时候只要伸手就能找到她。母亲经常说，希望她这辈子都是善良快乐的人，不要对他人感到失望。

梁西宁并不缺爱，她延续了母亲平静、温和的做人态度，但她性格里又有西北姑娘的桀骜和坚韧，在爱里长大的孩子，在任何地方都可以葳蕤生长。这么多年来，她已经习惯面对各种突如其来的打击，哪怕是站在悬崖上接受汹涌波涛的洗礼，也能坦然地闭上眼睛，享受海浪的味道。

梁西宁对顾之恒讲起这些年少往事，顾之恒只是轻轻握着她的手。

顾之恒总是时刻地握着她的手，睡前握着她的手入睡，醒来第一件事也是拉过她的手，就像小时候母亲对她一样，顾之恒知道这对她来说很重要，她伸手就可以找到他。

人生一路踽踽而行，有些人或携手同行，或擦肩而过。随着年龄的增长，我们开始对重要的事情避而不谈。梁西宁知道，自己遇到顾之恒只是一件偶然的事，他不小心打翻了藏着深情和秘密的那格抽屉，所有她觉得早已忘怀的情绪，散落一地，清清楚楚地摆在眼前。

如果明知自己与对方相差太多，内心总是会犹豫着想要逃跑，对方进一步，她退一步，他们之间一直控制着那个距离，永远无法跨越。

成年后的梁西宁，从不轻易地对他人期许，生怕对顾之恒

有一丝一毫的压力。顾之恒对她的照顾、保护，她看在眼里，藏在心里，因为珍重，并不敢轻易翻看。

她还是太年轻，不懂在现实生活中，这点真情是多么的珍贵。不明白自己为什么会爱上他，或许人在孤独的时候，最容易爱上别人。到了这般年纪，她早已不再相信上帝，她渴望增加阅历，来与这个虚无的世界对抗。

8

如今的顾之恒有自己的事业，情爱反而不那么重要，他是长情之人但并不多情，或者说，此刻的顾之恒，已经定心了，只等梁西宁敞开心扉。可是三十多岁成功的男人却令更多年轻的女孩子趋之若鹜，他身上有成熟男人令所有女性心动的秉性，耐心且心思缜密。

他是梁西宁少见的出色男人，他有独特的品位，有固定的人际交往，他对她没有任何要求，包容又谦和。

他们相处了这么多年，虽有性格和习惯上的不同，但也从未想过改变彼此，梁西宁那点小倔强在他眼里是不可多得的品质。最初的磨合期，梁西宁身上的棱角太过分明，她一个人生活惯了，浑身散发着独立的气质，她的内心一直在挣扎，不知道身边这个男人是否有能力可以让她停靠。她一直是后知后觉的，顾之恒给她的包容和理解，她都悉数收好，慢慢消化，她没有被除了母亲之外的其他人如此细心呵护过。

他们之间谈论过婚姻，顾之恒曾送她一枚Harry Winston的戒指，简洁的款式，一颗精巧的钻石，在铂金底座下，闪着柔和的光。他一眼认定了她，愿意给她婚姻，他对她说，西宁，你不要有压力，这只是一个礼物。

梁西宁对于长久的婚姻并没有什么安全感，母亲的婚姻并没有给她做一个好的表率，婚姻对于她来说更像一个赌注，而她还没有下注的资本。

这些年，她早已长成眉眼柔和的姑娘，强势的脾性已经收敛了许多，面对顾之恒伸出的手，她像一个无知的孩子，犹豫着要不要交付，工作中的梁西宁是多么骄傲，只有在顾之恒面前，才唯恐心中那点骄傲溃不成军。她一直像最初认识他的时候，眼神总是停留在他身上，他说话的样子，走路的样子，开车的样子，梁西宁看着顾之恒的背影，想象着他老去的样子，他是个好男人，他值得最好的。

9

助理对梁西宁说，梁总，外面有人找。梁西宁出去，看到站在眼前的年轻女孩子，妆容精致，穿着时尚。女孩子对梁西宁说，我们出去坐坐吧。

梁西宁带她去公司楼下的咖啡店，女孩子盯着梁西宁看了一会儿说，我只想来看看你究竟长什么样子，能让他如此用心。梁西宁没有说话，帮她点了喝的，默默地坐着。

女孩子继续说，我认识他比你早，我一直都喜欢他，我还比你年轻，为什么他偏偏喜欢你。梁西宁看着眼前这个花枝招展的女孩子，就像自己每天在影棚里看到的那些女孩子一样，她们眼里想要的都那么明确，梁西宁心里笑了一下，这好像也没什么不对的。

坐在一起，梁西宁和眼前的年轻女孩的区别一眼就能看出来，梁西宁脸上更多的是波澜不惊，不是所有的女人都懂得进退有度，也不是所有的女人都能把一件衬衣穿出自己的气场。或许是因为她经历丰富，经济独立，人格独立，所以遇事既不会锋芒毕露，也不会坐立不安。

其实不难理解，这个城市最不缺的就是长得好看的女孩子，任何一个拎出来，她们都懂得当季最流行的彩妆搭配，也略懂一些插花、烘焙技能，她们穿着得体，笑容甜美，知道如何才能吸引优秀男人的目光。正是因为这样，顾之恒的目光不会在她们身上停留半分，这种女孩子太多了，随便哪一个，都差不多，没有什么优势让他非你不可。

梁西宁回过神来，听对面的女孩子说，他也不过是想征服你罢了。梁西宁叹了口气，说，那是他与我之间的事，与你无关，你们的事情你去找他谈，你也见过我了，我还有工作，就不送你了。

梁西宁回到办公室，发了会儿呆，立马投入工作，幸好还有工作，让她在感情之外可以有所依靠。她觉得，只有工作中的她才像是真实的梁西宁。工作对于女人的意义不仅是经济的

独立，更是有效地避免在精神上胡思乱想。她从来不依附别人，她有经济能力，她不需要为了一只名牌包而刻意讨好谁。

她知道自己跟别人是不一样的，只是很可惜，她不是不相信顾之恒，她是不相信她自己。一个人想要爱他人，首先要爱自己，一个人想要成全他人，也首先要成全自己。但是现在的她还做不到，从小到大，她并没有多爱自己，她一直在努力做一个成熟的大人，她很少考虑自己快不快乐。

10

梁西宁并没有告诉顾之恒，年轻女孩子来找过她，希望她能主动退出。因为在此之前她已经提出过分开，她还无法做为一个强大的伴侣站在顾之恒身边。

那段日子梁西宁经常失眠，睁着眼睛看着窗外渐渐泛白，这一生她遇到过这么一个人，这个人待她郑重，对她没有任何要求，并愿意给她婚姻。

几年的时间能了解一个人多少呢？梁西宁觉得自己并不具备在婚姻里相处的能力，她成熟得太早，她不停地怀疑自己是否能承担感情中的责任与义务。这些年她大部分的精力都放在了工作上。相爱，已经超出了她本能的应对能力。

梁西宁对顾之恒说，你也三十多岁了，别让我耽误了你。顾之恒玩笑着说，你别操心了，三十多岁的男人更有魅力。没有谁耽误谁这一回事，关系都是自己选择的。耽误这个词未免也太推卸责任了。

两个月前，梁西宁向公司递交了辞呈，母亲年纪大了，需要她照顾，她并没有告诉顾之恒这件事情。

飞机还有几分钟就要起飞了，梁西宁从包里拿出顾之恒当初给她的那个牛皮信封，她慢慢打开，里面是两张重叠在一起的硬卡片，上面写着六个问题，撕开虚线部分就是答案。这是顾之恒专门为她做的"人生锦囊"，梁西宁不自觉地笑了一下，果然他太懂她了，每个阶段她脑子里在想什么，他都一清二楚。

梁西宁小心翼翼地撕开写着"我当下的选择是否正确"的卡片，下面是顾之恒手写的答案：相信自己，往前走，别回头。

梁西宁盯着这十个字，突然有些难过，她想起这些年每次做什么重大决定之后，顾之恒总是对她说，你需要的时候我会走到你面前，但你不要回头。

　　我们都是自由的人，不应该有什么情感割舍不下，即便靠近彼此，也是因为爱。人生中总有一些时刻，有时负人，有时负己。顾之恒永远都会让她抬头向前看，哪怕是未来的日子不再有他。

　　顾之恒说过，不管发生过什么，人最终还是要走向和解，跟自己和解，跟对方和解，这个世界上有太多不能如愿的人，每个人只要清楚自己在做什么，并愿意为之付出代价，就值得被原谅。

　　梁西宁笑笑，说，我不想将你变成我索取爱和温暖的途径，我该自己走一段路了。漫长的生命中，曾有人理解我，日后回想，也称得上是个好的结局。

　　梁西宁羡慕所有坦然在爱里长大的小孩，像她这种从小到大自己跌倒自己爬起来、自己哭完自己擦眼泪的人，别人给得多一点就会惶恐不安，为了想要多一点点爱，又要去飞蛾扑火。她很感谢母亲赋予她的独立自由的人格，但同时也会觉得可惜，她知道自己失去了人与人之间很重要的东西——表达和接受爱的能力。

我们都理所当然地认为，相爱的人应该在一起。可是，如果一个人注定不属于这里，哪怕你留她再久，终有一天，她还是会去属于她的地方，只是时间问题。

人随风飘荡，天各自一方，所有的离别都应归于命运。梁西宁突然觉得，自己跟二十几岁时认识和爱过的人都距离好远，她想念那个时候的自己。她有意和过去的记忆拉开距离，又希望能回到那段时间。

她只是一个没有归期的故人，看着自己想要的生活跟年轻时期待的未来越来越远。

这些年最好的事情就是遇到了顾之恒，她感谢他，一直做她的避风港，而不是风浪。她为他做的最后一件事大概就是放他好好生活。今夕何夕，见此良人，祝福他，如月之恒，如日之升。

Chapter 5

当你的孤独，被所有人看见

你应该是一场梦，风一吹就散了
只有我知道，你曾经真实地存在过

你是每一个孤独的瞬息

每个人都会经历这样一个阶段，害怕孤独，享受孤独，在孤独中完成与自己的和解。

我在三十多年的人生历程中，逐渐明白，遇到形形色色的人，你以为会和许多人心灵相通，但是后来你才发现，能称之为"相遇"的事情一辈子只会发生那么几次。

我有过一段很长时间的失眠，有时候会给自己倒一杯酒，彻夜看几部老电影；有时候开着车在已经进入睡眠的城市里吹风。彻底安静下来的城市也带着些许落寞，或许是因为这个城市里孤独的人太多了吧。

人在孤独的时候，一句话、一首歌、一条马路，都能重新勾忆起那些早已消失的画面。时间凝结，记忆倒转，回想起那些渐行渐远的朋友、没有在一起的恋人、被现实磨灭掉的梦想，每一个都曾是我不甘心的执着。我听见了它们的呼唤钝响，然后在天亮的时候，一切又瞬间消失。

只不过，这些年，我已经开始适应并享受这种孤独，那些所谓的理解，也只不过是一场自我认同。

这年夏天，我搬到了一座海边城市居住写稿，打开窗子就可以看到大海。这里没有大城市的喧嚣，夜晚很早就安静下来。

每天晚上听着海浪声入睡，早上又听着海浪声醒来，沿着海岸线跑步，再去菜市场买新鲜的蔬菜水果，认真地生活在人群里。

天气好的时候，空气弥漫着清爽的味道，开车沿着环海公路一直往前，两边全是绿色的树木；傍晚拎着一瓶啤酒去海边走走，看着夕阳把整片海面染成红色；偶尔和朋友通个电话，手机的作用也仅限于了解一下新闻，完全享受一个人的独处。

工作久了，热闹久了，这样线条一般的生活，反而让我紧绷的神经完全放松下来。有时间停下来思考接下来的方向，其实生活都是我们自己选的，想要什么样的生活心中早已有了答案。

人生到了某个阶段，一直向往的其实都是简单的生活、简单的社交和简单的自由，不想再花很多精力去思考表面的人生。如今，我只想更实际一点，做点"真正"能做到的事情。总有人拿着世俗的标准去要求你，其实生命以何种形式进行都很辛苦，结果很重要，但是过程的体验才是生命的节奏。

人生的回望需要时间的跨度，仿佛只有停下来回顾一遍几年前的虚妄，才有继续往前走的勇气。数年后回头再看当下的自己，多少都需要带点冷酷与残忍，才能忍住不后悔当年的选择。

孤独不可耻，你要学会在热闹中享受孤独。

成年后的孤独带着凛冽的美感，你会发现，人生中真正有意义的时刻，多半没有什么人帮你见证，每一个孤独的瞬息都只有你一个人。而这段日子，却是你一生中跑得最快的阶段。

不知归处，不问归期

每次长途飞行，都会想起乔治·克鲁尼主演的电影《在云端》。

这个中年男子，唯一的人生目标就是积攒一千万公里的航空里程数，从而成为全美航空公司最年轻的白金会员。

他生活简单，不相信爱情，不相信婚姻，一个人拉着行李箱穿梭在各大机场，每年有三分之二的时间是在飞机上度过。

直到他遇到了维拉·法梅加，暧昧走心，不顾一切地在风雪之夜奔向芝加哥对这个女人表白。

然而门打开了，维拉·法梅加却茫然地看着乔治·克鲁尼，门内是几个孩子的嬉笑打闹声，以及一个男人的声音："亲爱的，外面是谁？"

"没什么，问路的而已。"

门关上了，漫天大雪，最终孤独的还是他自己。

飞机继续飞行，生活还在继续，乔治·克鲁尼也继续穿梭在云端中，希望他能继续俯视芸芸众生。

这是一部难得的探讨孤独的影片，是一种自我选择的孤独，或者说这种孤独已经成为他的生活方式和人生信条，他适应了孤独并乐在其中。

在人人都渴望被理解、被关注的时代，这种精神上的孤独显得难能可贵。

独处是完成人生蜕变的必要阶段，而独自旅行是一件让人成长的事，因为不停地行走，让我们不再计较当下的得失，放下曾经的偏执，承认内心最真实的感受。

每年我都会给自己安排一个独自旅行的假期，每个人都需要独自去完成一些事情，旅行的意义大概就是去更远的地方，开始重新认识自己。

当飞机穿越云层，抵达一个陌生的国度，无论你之前多成功，有多少人认识你，你现在都是一个人。

我在长途旅行中会随身带本书籍，利用飞机上的时间阅读，当四周都是陌生人，文字反而成为最容易理解的东西，它会缓慢流淌在血液中，书里的故事，故事里的人，正无声无息地陪伴着你，旅途也就没有想象中的孤独了。

　　这个世界太大了，生活的未知远远超过我们的想象，在我们无法预测的世界中，永远充满着不确定性，我希望在我的有生之年，真切地感受到一些自由，当我行走在呼啸的冷风中，哪怕有那么一瞬间，我愿意相信我是发自内心地热爱着生活。

　　每个人都有固步自封的阶段，不清楚活着的意义，也不知道未来的去向，年轻的时候去看世界增加的是眼界，生活中的机遇和选择，很大程度上都是因为眼界的开阔。

　　这些年的旅行，也让我明白，原来我们并不是生活的对手，原来自己确信的事情也未必是正确的，原来真的有人在过着我们向往的生活，原来一些事情不及时做，以后就再也没有时间做了。

　　我鼓励你们年轻时去看更远更大的世界，当你们再回到这里，你会明白自己到底想要过什么样的生活，并为之付出什么样的努力。

有自己的事情要做，有自己的使命要完成，即使将来回归小城，内心也不会被任何身份和外界的评价所限定，并且会感激自己与自己结伴而行的时光。

你应该是一场梦

时常有读者在微信公众号"薄雾小镇"后台问我，哥，上一本书《所有失去的都会以另一种方式归来》故事里的人最后在一起了吗？

其实不管故事有怎样的结局，只要你在里面寻找到了自己的影子，当镜头开始定格，你读到的就已经是你自己的情绪，至于故事本身该如何讲述，结局如何发展，已经没有那么重要了。

这个时代，想要诚实地表达自己并不是一件容易的事，生命漫长且荒凉，我们时常在彼此的生命中缺席，路途中相遇，你握了一下我的手，我带着你掌心的温度，重新走进人群里。

也会经常问自己，如果回到某个时期，是否还会做出当下的选择？

有时我在想，如果当下的我回到之前的某个时段，我或许不会这样选择，我会给自己选一条更好走、通向更远方的路。

可是生活没有那么多假设，太多重要的选择都是在不经意间决定的，我们也想不到这个决定会通往一条完全不在预料中的路。也正是没有如愿以偿，才有了阴差阳错的迷人。

我和你一样，沮丧的时候首先想到的也是逃避。为了让他人能看到我的真心，我尝试剖析自己，坦白自己，情感里总是尽可能多一点的真实，在人际交往的相互作用中，我愿意花足够的时间去抓住时间的洪流。

浩瀚宇宙中，这点真心微不足道，却是我能拿出来的所有。

这个世界每天都会产生许多微小的、不为人知的情感，只与我们自己有关，过往的岁月里，你的难过、你的痛苦、你的愉悦，他人并无法与你分享，它们被打碎了散落在每一个碎片里，你蹲下来，希望从中捕捉一些光亮，但你在里面只看到了自己。

曾经的我也执着于别人的理解，直到今天，我才开始明白，理解这件事其实本不是那么重要。当一个人向另一个人展示内心细微幽深的情感时，他们需要克服的太多了。

　　我们并没有处在同一个平面上，你看到的是山峦，而我看到的是海洋，我们之间已经出现了断层，所有的谈话，都一一坠落到谷底，换来的可能是一如既往的失望。

　　想明白这点后，我变得快乐了许多，我们需要的只是一种情感的寄托，我对自己的认知尚且有限，何况是最亲密的你，你实在没有义务耗费心力去理解我。

　　我唯一能肯定的是，那些我们谈话中的默契、心底里的柔软，让我在身心俱疲的时候，还能够心平气和地与自己相处。

　　你应该是一场梦，风一吹就散了，只有我知道，你曾经真实地存在过，在我每一个感觉糟糕的时刻，依然相信一切都会好起来。

所有光亮的时刻

　　我在楼下电影院看完电影出来后，发现下起了雨，影院离家的距离很近，我并没有加快脚步。成年之后，这好像是第一次认真体会雨水打落在皮肤上的感受。

慢慢走回家，我站在窗边，看着越来越大的雨打落下来，心里难得的平静，就像是回到了小时候一样安心。我去冰箱拿了一瓶啤酒，在窗前站了很久。

我们在工作中的每个时刻都在给自己贴标签，我想成为什么样的人，我要成为什么样的人，我的人生规划是什么，来来回回地流转与颠簸在城市与地铁中，应该也会疲惫吧。

我们并不能选择自己的命运，总是期望生活在别处，以此构想不同于自己的生活来对抗现实中的辛苦。可是，我们的家庭、生活的轨迹、生命中的烙印，都是我们拥有的全部。

而就在这一刻，我站在窗前，听着雨声，看着霓虹闪烁的城市逐渐在雨中越来越模糊，突然觉得自己很渺小。

说来也怪，为什么是你，为什么是我，这种突如其来的念头就像是一场宿醉，想不明白却让我觉得很有趣。

世界这么大，我们能在人潮拥挤中找到一个与之共度余生的伴侣，几个志同道合的朋友，竟是那样幸运。

如果一辈子能和另一个人永远在一起，真是一件了不起的事情。

我想把"焦虑"暂时放下，不想再逼自己工作多少年才能养老这种问题。无论现在正在发生着什么，我都想在尚且年轻的时候好好体验一下"活着"的感觉。

我是从什么时候开始，感受到时间流逝的速度比我们成熟的速度还要快？是有一天我站在镜子前刮胡子，我看着镜子中的自己，竟然有一点陌生。一天又一天，除了工作，我竟然想不起这些年做过什么值得回忆的事情。

这个世界上还有许多震撼我的东西存在，于是我开始在三十多岁的时候，准备好做一些"纯粹"的事情，那些因为在匆忙赶路中从未留意过的事物，就像夏天的暴雨、冬天的大雪、母亲做的饭以及每一个早晨醒来的自己。

我们一直都在匆忙地赶路，为了早日到达预想中的生活状态。可是却一直忽略，生活本身的样子不是堆积而成，生命也

不是为了去完成一项任务，它存在于我们活着的每一天中。

当我意识到这一点时，对过去的自己感到一丝抱歉，我们永远追赶不上欲望的速度，却也永远学不会享受当下，到底哪里才是终点。

这场长达一生的追逐游戏，是不是值得我花费人生最年轻的几十年。

走慢一点，停下来，其实沿途的风景也很美丽，当下的日子就是所有闪光的时刻。世间的幸福都是同一种样子，细微的、琐碎的、平凡的，当你此刻是快乐的，那就是最好的生活。

当你的孤独被所有人看见

三十三岁的生日，和几个相熟的朋友聚在家里一起吃火锅。我不是很爱吃火锅，但是我很喜欢热闹的氛围。

我和你们一样，岁月流转，身边的朋友好像还是年轻时的那几个，大家在一起很开心。他们已经变成了我的家人，我们互相真诚地希望对方更好。

我记得去年的生日是我一个人度过的，我在海边的岩石上，听了很久的海浪声。

　　三十岁是我人生的一条分界线，过了三十岁，我开始学着给自己做减法，也开始不断地与过去的自己和解。

　　年龄对我而言，并没有太多的概念，如果你问我想不想回到十年前，我可能更喜欢现在这个年纪。

　　我在三十岁后的这几年里，重新定义了自己，年轻时所有的迷惑与不解，似乎随着时间都变得清晰。我已经能够镇定自若地处理任何事情，不用再刻意讨好这个世界，性格上也越发温和。

　　但是我仍然觉得，人的孤独感是与生俱来的，从来没有真正消失过，哪怕现在我们欢聚在一起，每个人都有笑脸，但是每个人都有属于自己的孤独，是他人无法触及的。

　　每个人又都是一座孤岛，有人上岸，有人离去。这个过程中所产生的安全与情感，需要一个阶段来过渡。

　　我说的孤独并不是不与人交往、没有陪伴的生活，而是一种最终生成恩慈和包容的精神状态。

成年人的情感慰藉，无论是亲情、爱情还是友情，都是围绕你自身形成的一个巨大能量环。你要有凝聚的力量、有强大的磁场、有静默不语的容量。孤独感是其中重要的组成部分，孤独带来的是清醒、是从容、是匍匐前进的力量。

人与人之间的划分并不是以年龄为界限，生存能力、价值观的完善并不会随着年龄而增长。我一直觉得，运气也是实力的一部分，因为能被眷顾的运气背后是不为人知的努力。

但并不是努力就能成功，如果你的努力什么也改变不了，这种努力是徒劳的。成功并没有什么标准，电影里说"成功就是以自己喜欢的方式过一生"，人不应该强求自己去完成什么目标，但是我认为一辈子应该去做一点真正喜欢的事情，最怕的就是浑浑噩噩一生，你都不知道自己究竟热爱什么。

我知道我的读者里有相当一部分是年轻人，我想告诉你们的是，我们无法选择成长环境，但是我们要知道自己想要什么，努力之前要找对方向，做自己喜欢的、能让自己快乐的事情。

不要害怕孤独，学会享受孤独，你要让这种无可遁藏的孤独变得有价值，一个人的时候往往是你升值最快的时期。

当一个人的孤独，被所有人看见，这是一份荣耀。因为只有你优秀到一定程度，才会被别人注意，你的独孤才会被别人看见。

当你带着这份孤独，回望来时的路，希望你也可以对自己说：人生不易，但我没有辜负生活一场。

Chapter 6

一路独行，一生热爱

过去与将来，都太遥远

无须过问，只见此刻

1

　　说实话，最近这几年，我才开始学会取悦自己，开始平静地与自己相处。

　　人生自三十岁开始，仿佛进入了另一个维度，觉得自己老了吗？好像也没有，但能明显地感觉到越活越清醒了，脚下的每一步，都是我想要去的方向。

　　自两年前开始，我逐渐拿出一些时间，一些完全属于自己的时间，给自己规划了一些曾经只是想过，却没有来得及去做的事情。我最好的十年留给了北京，十年太漫长，我不想接下来的十年，除了工作想不起一件值得回忆的事情。

忆起二〇一六年的十二月，北京一直没有下雪。

周六的清晨我站在暖气充足的家里，看着窗外阴沉的天气，突然想去做一件属于冬天的事情，我想去一个晴朗的地方看一场大雪。

简单地收拾好几件衣服，毫无计划地买了张机票，订了酒店就出发了。

我走出长白山机场的一瞬间，零下二十几度的冷空气冲进肺腑，整个人瞬间清醒了。天很蓝，是北京冬天难得一见的那种蓝色。酒店来接我的司机已经在等候，入住的酒店距离长白山不远，路上除了茫茫的大雪就是一排排的白桦树，我突然觉得临时做的决定无比正确。

抵达酒店的时候天色开始暗了下来，大厅里有暖黄色的灯光，巨大的挂满了铃铛和蝴蝶结的圣诞树，室内是浓郁的节日氛围，室外是冰天雪地，我才意识到今晚正值平安夜。

稍作休息，我去楼下餐厅简单地吃过饭，然后裹上羽绒

服，打算出去走走。

外面开始下雪，飘着鹅毛大雪的夜晚格外安静，我甚至能够听到簌簌的雪落声，整个酒店都被地灯点缀着，映在雪地上发出柔和的光。

我更喜欢北方的一个原因就是北方的冬天有风、有雪、有巨大的力量。

鞋子踩在雪地上发出咯吱咯吱的声音，我沿着小路走了许久。大雪纷飞的旅途中，渴望邂逅一个知己，我们各自走过了漫漫长路，觉得日子辛苦又怀揣一丝希冀，相约在点着火堆的长亭下，酌一杯温酒，彻夜长谈。

陪君醉笑三千场，不诉离殇。人生这么长，这点寂寞算得了什么呢？

第二天我乘坐酒店大巴车抵达长白山脚下，天气并没有想象中的那么冷，抬头望去，整座山都被白雪覆盖，阳光穿过树林，树枝上的雪被风吹落，雪山反射出来的光让人睁不开眼睛。

顺着北坡小路往上走，因为降雪量极大，雪软的地方脚会突然陷下去，深的地方踩下去也会覆盖住小腿，我看了一下时间，徒步到山顶的天池边用了七十分钟，很是消耗体力，山顶的风很大，覆盖着白雪的岩石被吹出一道道纵横的纹理。

天池已经是一片白色，什么也看不到，可我并不觉得遗憾。站在山顶眺望远处缩小的城市，大脑放空，深呼一口气。

人生的梦想清单很长，这个世界上有那么多震撼人心的景色，身体却是最大的阻碍，生活除了认真地面对它，没有别的逃避方式。可是人生一世，还是要去看一看高山和大海，去见证一些磅礴的事物，它们就是你在未来感到绝望的时候，拉你一把的绳索。

时间会证明一切，十年后回头再看，那些让我们死去活来的事情，真的不值一提。

2

二〇一七年的新年，我回到了上海父母家，因为工作关系，我已经两年没有回家过年了。父亲多年在外做项目，我们一家四口人已经好几年没有聚齐过了。

到家的时候，爸爸在楼下等我，接过我的行李，拍拍我的肩膀；妈妈在厨房里做饭，喊我快洗手准备吃饭；姐姐带着小外甥也在等我，他甜甜地叫着"舅舅"，就像个日常的周末，大家一起回到父母家吃饭。

时间对于大人，并没有太大的区别，只有在孩子身上才能感受到时间流淌的痕迹。每次见面，我的小外甥都好像长大、长高了很多。

家的概念对于常年漂泊在外的成年人而言，已经变成了一个模糊的概念。这么多年在北方待得久了，甚至已经不习惯上海湿冷的冬天了。

我曾经以为，离开家，任何地方都是远方，后来停留过那么多城市，后来选择把青春留给北京，后来他乡已成故乡，才发现，走的太远，家才是那个回不去的远方。

妈妈照例做了一大桌子菜，大家举杯，她什么也没有说，但是能看出来她很高兴，爸爸这两年一直在延安忙高铁建设的

项目，妈妈经常上海、延安两边跑。年轻时的妈妈就一直是风风火火的样子，一个人带着我和姐姐可以去任何地方，现在的她好像突然安静了下来，虽然还是笑得很爽朗，但我能明显感觉到她的孤独。

这些年，或者应该从我大学毕业开始，我们一家人之间的联系基本就是靠着电话和网络，姐姐成家有了孩子，而我一直忙于自己的工作，觉得爸妈身体还很健康，并没有过多的关心。偶尔相聚在一起，爸妈谈论的话题无非也是我和姐姐小时候的事情，甚至妈妈还会讲起我第一次离家住校时她失落的心情。

我突然觉得很难过。

因为大家回家次数少，并没有给妈妈创造一些新的回忆，她的记忆才会一直停留在过去，我们每天都热闹于不同的人群中，而她所有的欣喜、失望已经有十年没有更新了。

你看这一桌母亲亲手做的饭菜，你看窗外这漫天的灯火，有时候，你能陪父母做什么，比你能替他们做什么，更弥足珍贵。

我有一次开车去济南出差，忙完手头的工作后跟爸爸视频，突然觉得他老了。

父亲这个角色在每一个孩子心中都是英雄一样的存在，想到英雄也会变老，还是会觉得心酸，当场决定去看看他。

我出发的时候已经是当天下午三点，开车行驶到山西境内时，沿途高速路电子牌上提示，因临汾方向大雪封路，沿途高速不仅山西段封闭了，陕西境内的高速公路亦无法正常通行，只能选择走省道。

一路上印象最深的就是除了漫天的大雪，还有在陌生公路上照亮前方、孤独行驶的车灯。我在路边的加油站把油箱加满，深夜十一点，睡眼蒙胧的加油站工作人员见我一车一人，临别时叮嘱我雪天路滑注意安全。

随着导航地图上的曲线图由长及短，由远及近，几个小时后车已驶入延安境内，记不清翻了多少座山，一条条的盘山公路连绵不绝。盘山公路为双向单车道，上山车道左侧是山岩，右侧是悬崖沟壑，弯道一个接着一个，公路上除了有积雪，还有冰，稍不留神就会发生意外。

　　导航提示说，正在行驶的路叫"延壶路"，距离目的地不到五十公里，我有种看到曙光的感觉，因这一路长途驾驶，感到万分疲惫。就在上坡转弯的刹那，车辆轮胎经过一处结冰的路面，轮胎突然打滑，车头和车尾出现了摇摆不定的剧烈晃动，被惊到的同时，我双手紧握住方向盘，连忙轻踩刹车，才将车辆控制住。

　　稍事平静，我看到车辆右侧距离没有任何阻隔的悬崖只有一米宽的距离，突然后背有些发凉，那短短的几十秒好似让我经历了长长的一生。如果在车辆失控的瞬间，对向行驶的车道刚好有其他车辆下坡行驶，如果当时我没能在千钧一发之际使车辆平稳制动……每每想起这次有惊有险的经历，还会感到后怕。

　　在连续开了十五个小时后，终于抵达目的地。延安的冬夜漫长，凌晨六点天色尚未亮，爸爸透着车灯的光线看到我出现时很吃惊。

晚上在餐厅吃饭的时候爸爸在悄悄抹眼泪，可能没有想到我会不远千里来看他，他喝了很多酒，说了很多心里话。

这是十年来，我们父子俩第一次坦诚地进行一场男人与男人之间的对话。

岁月太过无常，过眼云烟，已满是沧桑。

国庆节的时候，姐姐带着小外甥去北京找我，晚上我点了炸鸡，从冰箱里拿出冰啤酒，我们一边吃一边聊到深夜。姐姐说起小时候每次她晚自习回家，我都会下厨给她做宵夜的事，就像现在一样，我们之间的感情并没有因为距离而变得疏远。

一家人团聚，所求的无非就是小时候的一种状态——不管风月如何，我们都有彼此。

3

如果说家人是上天注定好的缘分，朋友就是茫茫人海中打捞起来的缘分。

还记得我上一本书中的好兄弟小北，两年前告诉我要离开北京了。

我问他，去哪？

他说，回西安结婚，爹妈催得紧。

我问他，哪天再回北京？

小北说，应该会一直留在西安，这次是一张单程票。

我问，你想好了？

他说，都三十好几的人了，不能再这么耗下去了，得有个家，该给爹妈一个交待了。

看到小北发来的微信，我迟疑了一下，然后推掉了那天六号下午和晚上的一切安排。

那次见到小北，距上次见面已有两个多月，距离我们大学毕业来到北京已过去九年，九年的风雨历程，在小北的眼角留下了清晰的纹路与印痕。

或许北京对于小北而言，在的时候感觉不出什么，但是离开后这将是一座让他非常想念的城市。

两个男人之间的晚餐，酒水成了点缀，更多的是回溯我们这些年共同的记忆与过往。

我们总说来日方长，但总是忘记世事无常。

我们总说后会有期，却不知一别两宽之后是否还能再把酒言欢。

我不是一个拖沓的人，但对于小北这么一个有情有义的好兄弟，我还是又郑重再次问了他一遍：你——真的——想好了？

那一瞬间，我看到他眼神中有犹豫，但又无可奈何。

想起林楚茨之前跟我说过的一句话：人生在世，做自己喜欢的事不算自由，能不做自己不喜欢的事才是自由。

我跟小北碰了最后一杯酒，跟他说：如果决定了，就规划好今后的路，如果后悔了，就再回来。

见小北这么坚定，我突然内心变得很复杂，不是因为别的，而是因为面前这个陪伴了我九年的好兄弟，第二天就要离开北京了。

记得前两年的我也曾走过弯路，走了弯路不可怕，但一定要有勇气拨开层层迷雾，找到属于自己的出路。任何看似无足轻重的选择，终将让我们的人生变得不一样。

天高地远，祝你一路平安。

我继续讲这个故事，小北带着在北京工作攒下的不多的积蓄回到西安。我认识他这么久，他一直是个很有规划的人，他爱音乐，即使在北京从事着不相关的工作，依然没有放弃对音乐的执着。

回到老家，小北开了一家音乐辅导班，教附近的小孩子声乐、古筝、钢琴和吉他，现在他的辅导班在当地越来越有名气。

后来小北跟相亲的女孩子结婚了，我赶不过去，包了红包给他。

他说，日子终于要开始变好了。

生活不容易，庆幸我们每一个人都没有放弃。

4

二〇一七年四月份，我飞往摩洛哥，这个北非土地上的神秘国度，一半火焰一半海水，撒哈拉沙漠传来阵阵驼铃声，翻过阿特拉斯山脉就是皑皑白雪。

我很喜欢深夜飞行，飞机穿越厚厚的云层，当人处在三万英尺的高空之上，所有的得失荣辱都变得不再重要了。十几个小时的航程，足够让我沉沉地睡上一觉，醒来之后，便是新的一天。

飞机在迪拜中转，天色微亮，晨光透过迪拜机场蓝色的玻璃墙。我买了一杯咖啡，坐在等候区，看着来来往往不同肤色、说着不同语言的人群匆匆而过。我以旁观者的身份，不禁猜想，他们是否都满意现在的生活？

飞机降落在卡萨布兰卡机场。

我对这个城市最初的记忆是电影《卡萨布兰卡》中的那句台词：**全世界有那么多城镇，有那么多酒吧，她就走进我这一家。**

卡萨布兰卡是北非最西侧的一个海滨城市，它看上去并不像非洲城市，更像是一座欧洲花园，沿着哈桑二世的鸽子广场，漫步在迈阿密海滨大道，迎着海风，瞭望蓝色的大西洋，绵延的海岸线，笔直的椰枣树，以及海岸线岩石边的咖啡馆，悠闲的法国人带着小孩在度假。

我找了一间沿海餐厅，点了一杯果汁，看着落地窗外的海浪拍打着岩石，只想安静地发会儿呆。

马拉喀什是一座风格独特的城市，这里依旧延续着中世纪的繁华景象。

我的地接向导顺顺说，马拉喀什的心脏是不眠广场，这是一个巨大的呈L形的广场，以前曾是象征着死亡的刑场，如今是北非最大最热闹的地方。

顺顺是中国宁夏人，家庭条件不好，但很努力，他大学学习的是阿拉伯语，因成绩优异，作为交换生在埃及继续学习语言，后来来到摩洛哥做了地接导游，已经和当地人相处得很好。这里的紫外线很强，顺顺被晒得皮肤黝黑。

傍晚时分，顺顺带我去广场一角的Cafe de france楼顶露台小坐，这是看日落的最佳位置。他帮我点了一杯当地特色的薄荷茶，薄荷很呛鼻，我喝不惯。

我看着太阳西下，逐渐把这座古老的阿拉伯广场染成红

色，广场上热闹起来，有当地的舞蛇人、出售香料茶叶的阿拉伯人，还有数不清的售卖食物、饮料、服饰、地毯、皮革、画手绘、占卜算命的摊位，光怪陆离，魅力无穷。

第二天，顺顺陪我一起前往撒哈拉沙漠，抵达撒哈拉沙漠大门——梅祖卡，时间已将近下午六点整。

一个约莫十岁的小男孩来到我跟前，竖着大拇指，用英语不断说着："Chinese，Good，Good！"然后告诉我，他将陪着我度过一个美好的撒哈拉之旅。

我问他的名字，他说他叫哈米。

我问怎么拼写，他蹲在沙地上用手指给我比划出了几个英文字母。

一切准备妥当，哈米在前面牵着骆驼，还时不时回头陪我聊天。

我问他的年龄。

哈米与走在前面的大人对视了一眼，迟疑了片刻，犹豫着回答道："Fifteen."

我心里想，好吧，他看上去也就只有十岁。

　　当骆驼行进到沙漠至高处，哈米将毯子铺好让我坐下，等看日落。为打发等待的时间，他和一个年龄七八岁的小男孩陪我拍照，他们在镜头前娴熟地摆出各种热情开心的表情。

　　我问哈米，你们是兄弟吗？

　　哈米说，小男孩叫欧麦，是与自己一起玩大的朋友。

　　离开撒哈拉沙漠回到酒店，已是晚上十点整，漫无边际的沙海和浩瀚的星辰，太震撼。

　　这个世界上，总有一些人过着与我们不同的生活，也总有一些人过着我们向往的生活，万物之间，人其实很渺小，我们敬畏，我们也感恩。

　　摩洛哥这个国家有趣的是，每个城市风格迥异，完全都不一样，今天还现代感十足，明天就回到了中世纪。

　　我们到达菲斯新城区，一路都是打扮精致的Office Lady、西装革履的职场达人。

　　我对顺顺说，这个城市的女性好像更开化。

顺顺说别着急，一会儿到老城区，你会感受到时间倒流，瞬间回到了一千年前，毛驴仍是主要的交通工具。

菲斯老城有九千五百多条巷子错综交织着，是世界上现存最大规模的典型中世纪风格的古城之一，也是阿拉伯民族的精神所在。

顺顺说，因许多巷子中衍生出了很多暗巷，Google地图在菲斯古城里毫无用处，于是我们请了当地一位熟悉地形的老人带路。

老人家六十多岁，穿着墨绿色的长袍，穿着当地的尖头鞋，人很和蔼，会流利地说几句中文，据说老人家在菲斯古城里黑白通吃，非常有来头。

古老的城邦随着岁月的打磨慢慢在尘世间荒芜，纵使依旧世代繁衍，仍让人恍如隔世。万象更新，很想问问他们是否向往繁华。

我最喜欢摩洛哥的首都拉巴特，在这个大陆的尽头，大海、天空都是浓厚的蓝色，唯独城市是白色的。

早晨的拉巴特格外静谧，我早起去布雷格雷格河边漫步，成群的海鸟绕着金色的城墙盘旋，我觉得这个城市特别适合生活。

　　顺顺知道我喜欢大海，便要带我去乌达雅堡，乌达雅堡坐落在大西洋的犄角上，依山而建，上白下蓝的装饰，远看像一座蓝白相间的城堡，城墙雄伟华丽，犹如一个赫黄色珠宝盒，紧紧地环抱着乌达雅堡。

　　走进城墙，眼前是一片炫目的蓝白色，无数的蓝色小巷子把你引入深深的庭院，沿着湛蓝和雪白的长长的巷子一路向前，蓝白相间的小道不断延伸。拾阶而上，穿过一扇小门，大西洋就在眼前。

　　大西洋沿岸的拉巴特，海浪一层一层拍打着岩石，飞鸟划过落日余晖。我将这片海拍摄下来，作为这本书的封面。

　　其实卡萨布兰卡也能看到大西洋，但是我格外钟情乌达雅堡边的这片海，它比别的海洋看上去更蓝，海浪更大，单单站着看就能看一整天，能想许多事情，也能忘记许多事情。

　　我走过很多地方，也见过很多地方的海，只要站在海边，所有的心事都会沉入海底。潮水汹涌而至，回音随着血液凝固

在身体中。

大西洋边的灯塔凝视着潮起潮落的海面，不知道它在这里伫立了几百年。大风飘摇，有人挥手有人告别，暮色降临，有人点灯有人熄。万事尽头，终将释怀。

5

大M对我说：人生苦短，十几年后，我希望可以问心无愧地对自己说，我从未亏待自己。

大M曾经是我的读者，后来是我的朋友，她毕业后就回到家乡烟台做了一名人民教师。

她是一个雷厉风行的姑娘，夏天我在威海住了数月，她听说后，给我发消息说，中午过去找你吃饭。我说，大老远的，你就别折腾了。她语音过来说，我已经快到了，你快收拾一下下楼等我，我下午还要赶回去上课。

她开着一辆Q3，风尘仆仆地就来了，打开后备厢一边搬下来一箱大海蟹，一边说，幸亏这两个城市隔得不远，开车一个小时就到了。

我看到她后备厢里放着各种各样摆放整齐的鞋子——运动鞋、平底鞋、高跟鞋、豆豆鞋。

我问她：你是蜈蚣变的吗？她哈哈一笑说，你不懂，我这是为了随时应对各种场合准备的。

大M年少的时候一直在外面求学，回到老家也有几年了。她经常说，要什么理想，我就想回家吃我妈做的饭。你看我们这边环境也好，每天都能看到大海，人心里也舒坦。

我笑笑，她一直是活得如此通透的一个女孩子，世间繁华和诱惑诸多，她坚定地活在自己的世界里并有属于自己独立的价值观。

大M说，我很满意现在的生活状态，读书、看电影、周末跟家人一起吃饭、一年安排两次旅行，经济独立，人格也独立。非要说不满意的话，就是我们这个地方小，经常出去会被邻居阿姨问谈恋爱了吗？烦得很。

我问她，那你自己着急吗？

她耸耸肩说，我呀，一直是一个理想主义者，我觉得此生能遇到一个与之共度后半生的人是一件浪漫的事。幸好，我爸妈很开明，我妈跟我说，正因为婚姻对女人来说很重要，所以更应该郑重对待。

怎么说呢，我妈对我的影响很大，我十八岁那年，我妈带我去商场买了一件很贵的大衣，那是一个外国牌子，用了她半年的工资。我后来才知道，那个牌子叫MaxMara，是我人生真正意义上的第一件奢侈品。我摸着那件大衣，经典的剪裁、柔软的羊毛，穿上身显得优雅又随性。

我妈对我说，知道我为什么送你这件大衣吗？因为这个牌子的这件大衣，是经典中的经典。人生很长，你会去很多地方，遇到不同的人，但不管别人怎样，你只有自己优秀、从容、美好，才能成为经典。妈妈希望不管世界怎么变化，你永远做自己。

大M笑着说，所以呀，我不着急，也不将就，我要选一个自己非常喜欢，非常满意的人，否则会后悔，会分心，会看别人。

这个世界本就没有绝对的对错，结婚生子不是我们唯一的选择，大家都认为对的事情并不一定就是对的。结婚是对的，不结婚也是对的，生孩子是对的，不生也是对的。只要你觉得自己过得快乐，那就是正确的。

感情的事从来都是冷暖自知，不要让所谓过来人的干涉扰乱了自己的内心。

正因为余生漫长，我们才不能敷衍了事，如果暂时没有人来爱你，那就自己多爱自己一些，宁愿多花些时间等待，也要找到彼此默契、三观一致的人。

如此，我和大M也是偶尔才见上一面。于我而言，一座城，不仅仅只有繁华或静谧，还有情义。

愿身边有情有义的你们，都能在各自的城市里拥有心安与归属。

告别的时候，我对大M说，有机会介绍一个朋友给你认识，你们一定一见如故。

6

我说的这个朋友就是蓝以沫，不知道你们还有没有印象。

去年十二月份，我去伦敦见到了分别两年之久的以沫，她剪了利落的短发，带着些许灵动，挽着一个男人的胳膊，明媚地笑着。

　　我冲她挥挥手，走上前拥抱她。她向我介绍身边的男士——常年待在欧洲的中国人，从事建筑业，他们最初在伦敦相识。

　　都说伦敦盛产绅士，他对以沫，举手投足间都可以看出体贴和尊重。游玩的这几天，身边有个建筑师随时讲解，倒是对这个国家多了一些新的了解。

　　我印象里的伦敦一直是狄更斯小说里阴雨连绵的雾都，闭上眼睛出现的画面就是穿着黑色大衣的人们撑着伞走在伦敦的雨天里。没想到的是，这里到处都是色彩鲜艳，红色的双层巴士车、红色的卫兵、红色的电话亭，转角就能遇到教堂，再转角是满墙的涂鸦和潮店，还有打扮讲究的英伦大叔。

　　这里有古老的街道和精致的建筑，四通八达的地铁。我们站在泰晤士河边吹冷风，以沫建议我们坐船游览，从西敏寺登船，游船慢慢向东行驶，途径伦敦眼、滑铁卢桥、莎士比亚环形剧场、伦敦桥、伦敦塔，这条河横穿十多座城市，流经之处都是英国古老而深沉的灵魂。

大英博物馆是我来过最多次的地方，你看这些来自埃及、希腊、罗马的历史，跨越千年的岁月浓缩成时光的印记，我喜欢有记忆的人和故事。

以沫说，世间万物都有因缘定数，我知道有些人有些事并不属于我，我又何必强求，我知道卓扬一直拿我当朋友，那我就善待珍惜这段感情。我也值得很好的人，你看，我这不是已经遇到了。

我说，其实看到你现在的状态我就已经放心了。

以沫笑着跟我说，耿哥，我们晚上带你去酒吧喝酒，互相说说这两年发生的故事。

伦敦的每个小酒吧都热闹极了，以沫带我到了一家爵士酒吧，夹在两间咖啡店中间，一扇不起眼的木门，也算是闹中取静。以沫一边喝着鸡尾酒，一边说，真没我们家酒庄酿的葡萄酒好喝，对了耿哥，我给你带了两瓶好酒，你带回去喝。

我也举杯说，这还差不多，我来见你就是为了你的葡萄酒。

以沫成熟了许多，也快乐许多，她是属于这里的，她一直是一个重情重义的姑娘，也是一个拿得起放得下的姑娘，时间会把一些不合时宜的感情，变成会怀念的某人。

爱一个人就会选择去成全他，爱不是一种执念，也不是一种追寻，它是一个心愿，一种信仰，让你真实而又热烈地活着。

分别之时，以沫说，很开心每次我们都好好告别了。

是呀，我们唯一能做的就是好好告别。

7

飞机一路向东南方开去，我的旅行也在继续，四个小时后，抵达伊斯坦布尔。

伊斯坦布尔是土耳其最繁华的城市，也是一座很小资的城市，街道很干净，蓝色的巴士、黄色的出租车，周围遍布着各种小店，咖啡馆里挤满了聊天的年轻人。

冬季的温度比北京高一点，远处的清真寺不时传来阵阵诵经声，很适合晒着太阳闲逛。走累了，挑一家小餐厅坐下，点一份手抓羊肉和蜂蜜花生小饼，也别有一番乐趣。

一路旅行，有人问我会不会孤独，其实也还好，路上会遇到不同的人，听到不同的故事，不停地告别又不停地相遇。

在旅途中，我认识了一位土耳其朋友，名叫阿杜，汉语说得特别流利，他娶了个来自黑龙江大庆的媳妇儿，生了个混血女儿。

我好奇阿杜的汉语是在哪里学的，他说是在北京留学时学的，之后在北京东方新天地吃小火锅时对坐在身边的中国姑娘一见钟情，然后主动搭讪要到联系方式，俩人在一起恋爱七年，姑娘终于被打动跟着他来到了伊斯坦布尔生活定居。

聊起他的宝贝女儿，阿杜拿出他岳父从中国漂洋过海寄给他的国产手机，给我看他跟他女儿的合照，我能深切感受到他满满的幸福感。

阿杜说他要努力赚钱，以后送女儿回中国读书。

去伊斯坦布尔软糖店购物时，店员是从叙利亚过来的二十四岁的年轻小伙子，一脸络腮胡子非常帅气。会说阿拉伯语和英语，因躲避战争来到这座城市工作，至今已有三年了。

恰逢伊斯坦布尔的阴雨天，小伙子见我没带伞，让我等雨停再走。我问他有没有去过中国，他说想去，但是没有钱买机票。

闲聊中，他问我在中国可以娶几个老婆。我说中国是一夫一妻制。他说在他的祖国叙利亚可以娶四个老婆，但是他现在的愿望是攒钱娶一个土耳其的姑娘就很知足了。

其实这个世界上大多数人和我们一样，愿望微小而朴实，他们并不想改变世界，也不想与世界交手，他们只想通过自己的努力尽可能过得体面一点。

当命运降临在别人身上，而我们，也只有通过触动他人那些毫无知觉的幸福感，在与他们灵魂碰撞的瞬间，才能体会到一些短暂的温情。

你那看似没有波澜的生活，也许就是别人眼里的快乐。

在伊斯坦布尔小住几天后，我乘坐土耳其航班直飞代尼兹利，这几天天气都不错，很适合去棉花堡。

棉花堡在阳光下一片纯白，如梯田一般层层铺叠下去，地下温泉水不断从地底涌出，即使是冬天，光着脚踩在里面也不会觉得冷。

我靠在雪白的石灰岩边上晒太阳，扭头发现旁边的土耳其小朋友好奇地冲着我笑，孩子的父亲恰巧抓拍到了这个瞬间。

有一些陌生人，在不知不觉中就参与了你的人生，不期而遇，又不告而别，我带着陌生的记忆，继续往前走。

卡帕多奇亚被称为"地球上最像月球的地方"，几百万年前的火山喷发造就了凹凸不平的地貌，我找了当地特色的岩穴酒店入住，想着方便去乘坐热气球。

这边的岩穴酒店就像是在一整块岩石中开凿出来的房间，古朴的壁灯、黄色的灯光、极具土耳其特色的挂毯。酒店有非常棒的露台，夜晚站上去能够看到宝石蓝色的夜空下，洞穴里发出来星星点点的暖黄色灯光，异常壮观。

我回到房间后发现行李箱在山路颠簸中突然打不开了，本想去前台借把钳子把箱子撬开，转天再去市区买个新的。前台

值班的土耳其小哥用英语示意我将箱子拿到大厅，他小心翼翼地用一根铁棒帮我撬开，又对箱子简单地修理了一番。小哥说这边距离市区很远，经过他简单的修理，还可以勉强使用，暂时不用买新的。我表示感激，想给他一些小费。小哥婉拒了，表示只是帮了个小忙，不需要客气。

我在旅途中经常会遇到一些善意的人，有热心带路的人，有住在同一家酒店听说我肠胃不适给我送药的中国阿姨，也有一些提供帮助不求回报的人。我也同样会在旅行中将善意传递下去。

这几日，每天都在经历不同时段的车程和风格迥异的城市。只是餐食略显单调，非常想念自己在家里煮的白米粥。

旅途路上我遇见了不同的人，与人说过最多的一句就是谢谢。人生即是如此，我们在不断的谢谢与再见中彼此交错。

过去与将来，都太遥远，无需过问，只见此刻。

8

　我的很多旅行都是在冬天开始，跨越元旦，意味着旧的一年结束，新的一年开始，周而复始，我始终都在路上。

　我用行走来磨砺我这颗动荡、不羁、充满好奇的心，生活中的境遇，我总喜欢用命运来解释，多数幸运的时刻，也认为是我一直保持一颗善心的结果。我能听到内心呼喊的声音，也能听到骨骼在日益坚韧地生长。

　我飞越大海、穿过沙漠，去过草原和戈壁，也观摩过千年古城的遗址，我记住每一个曾让我快乐的瞬间。有些熟悉的画面，就像是梦境中曾经的感知，心底藏着一些往事，随着时间的绵延已经流淌在血液里，不再强烈地心生欢喜或徒增伤感。

　无论未来去往怎样的地方，当你想起年轻时喜欢过的书、爱过的人、看过的山河，都是你人生中最美好的见证。

　人生几何，切莫辜负，我不想敬缅过往，我只想带着感恩，在天地间肃然起敬。

　一路独行，一生热爱，波澜万丈，愿初心矢志不渝。

Chapter 7

人生浩瀚，爱有所归

有些人拥有心动的能力

却不具备爱人的能力

我很少谈论爱情。因为爱情本身就是一个伪命题，你说什么是爱，什么是爱情。宏观的解释能够涵盖每个人，但是每个人的爱情又能衍生出各种细微的不同。

所以我们谈论爱情的时候谈论的并不是一种东西。

十八岁和二十八岁对于一个人来说，本质的区别已经从爱情是美好的，过渡到了爱情是奢侈的。

爱情不是永恒的，可人对爱情的追逐却是永不止息的。

我们在对别人讲爱情的时候，到底是希望描述一个对方终有一天会理解的世界，还是描述一个对方永远不会懂得的世界？

所以从这一层面上来说，人是无法完全被理解的，每一份爱情只能独自享受，经验也是不能分享的。从这一点来看，即使我们拥有爱情，但每个人仍然是孤独的。

人的一生都在带着不同的目的找寻爱。但是如果你说，我的爱是不带目的的，我只是纯粹地在爱，这一点我并不认同。人生大部分的感情其实都带着多多少少的牺牲和忍耐，有所付出的感情，才觉得尽兴。

而我们平时所谈论的感情，其实也是在谈论一种需求，这种需求是欢喜、难过、愤怒以及一种荣辱与共的同理心。

二三十岁时，人追求的是生理上的爱，这种是强烈而真实的需要与被需要，充满着矛盾和遗憾。

用身体去记忆一个人，孤立无援，没有安全感。

但永远都有时间，可以肆无忌惮地去做浪费和后悔的事情。

四十岁以后，人更多的是追求心理上的爱，可以心安理得地蒙住自己的眼睛，不再匍匐于生活的表面，开始了解自己，比起他人给的安宁，自身的强大与吸纳更具安全感。

　　所以说，爱情里的安全感来自对一段关系的自信，只需要在对方面前做好自己就够了。当然，换个意思来说有时候安全感也可以是不会枯萎和衰亡的爱情，然而这些都是很难轻易得到的东西。

　　渴望被爱，不知道是不是每个人自身的缺憾和执念带来的占有欲，还是人的天性就是如此，只要朝夕相处，不相信记忆。

　　爱情是两个人的事，但爱只是一个人的事情。

　　爱并不是生活中的必需品，但有了爱，即使这个城市成为一片荒漠，爱也有办法让沙漠里开出花。

　　爱会让你把余生那个缱绻的自己尽量舒展开来，被爱着的人，不管是被哪一种感情支撑着，都能在疲乏的时候，安心地瘫软下来，后背贴着爱，让你靠一靠。

我们都喜欢给爱一个假设。

如果你爱我，你就愿意为我做任何事情。

情感的艰难，不在于一个假设的命题，这样的假设容易给爱戴上枷锁。

你不愿意牺牲，你就是不爱我，这本就是一个伪命题。

爱情的美好在于我们是在传递一种美，而不是把美变成一种负担，全盘托付。

爱而不得比任何事情都艰难太多。

在时间的延长线上，当爱蜕变成了慈悲，回头想想，也没有什么无法释怀，都是一些小事，无论他是谁，无论他出现多久，人迟早是要相互原谅的。

大概每个人到了一定年纪，就开始对爱情抱有怀疑的态度。但爱情是存在的，那是人最本质的情感需求，是两个人之间的默契。这种感情是超越年龄、身份、地位，是一个灵魂对另一个灵魂的坦诚。

爱情的表达方式不一样，浪漫也不等于爱情，它只是爱情里的一种呈现形式。爱情的交流是深入到对方的生命里，不是占有，而是开始思考怎么才能使对方感到快乐。

对，是快乐。快乐是幸福的前提，如果一个人婚前都不能让你大笑，你又怎么能指望他婚后使你欢心。

人随着时间而成长，最先失去的不是动心的勇气，而是奋不顾身奔向一个人，为了一个人拼命的那股劲儿。所以有时候也不得不承认一种落差感，似乎所有的人都在权衡利弊，开始分辨感情里细微、复杂和曲折的心思。

爱情的最终归宿到底是不是婚姻？

我们害怕婚姻会将爱情变成亲情。婚姻里的爱情向亲情过渡是必然的，但并不代表亲情取代爱情，爱情应该是两个人婚姻里最重要的主题。

你问我相不相信一见钟情。我们都说两个人的结合，环境很重要，人与人之间的影响也很重要。你想过什么样的生活，就要和什么人在一起，不要随随便便爱上一个人，就认为他能给你想要的生活。

所以我相信一见钟情，因为我相信人对美好事物有一个最原始的感官。你是什么人，就吸引什么人，便展开一段什么样的爱情。

其实一见钟情也是经过短暂的思考，因对方的容貌和气质而吸引你。这是一种不可预见的意料之外。

爱情可以说是我们对奇迹的一种本能渴望，爱情的力量是无穷的，可以改变我们原本不相信的一切。一见钟情的爱情是命运给予人类最稀缺的礼物。

是不是所有爱着的人，都不明白爱人的心？

爱情的珍贵在于它是双向的、可逆的。它帮助我们完成一次次的重生，尝试爱自己，从而更好地爱对方。

这个世界上也有很多人，哪怕再相互迷恋，也无法在一起。他只是你人生路上的一个摆渡人。无关相爱，也无关痛痒，仿佛是一种使命，就像一阵风雨，平静后，不带走任何东西。

你还是会想念他，但你不会再幻想任何有他的未来。

爱情也是具有杀伤力的，即使再默契的两个人，也不可能做到完全懂得对方，即使我们掏心掏肺说了很多自己理解的感受，还是会自动保留内心深处最真实的想法。

所有短暂而浪漫的镜头都可能成为日后的致命伤。回想起以前，不可避免地会对比现在，而所有的满足与不满都是因此而来。

幸福是一种比较级，不得不说，这是一条很长很长的路。我们都希望，在长路的尽头，那会是一个圆满的结果。

两个人决定在一起，只需要一时的勇气，而守护一场感情，却需要一辈子的倾尽全力。因为从一开始，爱情就是一件浪漫的事，而守护，却是一件庄严的事情。

流年日深，许多往事已经模糊不清了。我们总说，如果没有遇见你，或许日子过得有些平淡，但是却宁静安好。这人间的因果宿命，早有安排。而每个人，都有一场定制好的因缘，容不得你我随意删改。

身边多少人的爱情，爱到最后变得那么疲惫，深夜的电话已经从最初的甜蜜变成了不停的解释，不停地询问对方我们究竟怎么了。

爱情降临时，以信仰的姿态，像是开在心里的玫瑰，每一朵都开成你想要的样子，是为了讨好，也是为了怜爱。

在这个过渡时期，让多少人举步维艰。却忘记了爱情的真谛应该是通过爱你来爱这个世界，并且懂得爱自己。找遍世界，无非是找个会谦让你的人，有时候，陪伴和懂得比爱情更重要。不爱你的理由千万个，爱你的理由只有一个。

只有恋爱才能让人类充满激情，才能让墙缝里开出花朵。我们都希望通过恋爱将自己最纯真、善良、美丽的一面在阳光下顺其自然地生长。

年轻的时候虽然不懂爱，也经常会伤害到他人，但是也只有年轻时候的爱情才是最纯粹的。我只想对你好，没有任何附加条件。成年人唯一的好处就是理性已经战胜感性，没有谁不能离开谁。充分地了解自己和他人的需求，爱情反而更像是一场势均力敌的较量。

后来我们才逐渐明白，爱人之前先要爱己。温柔是爱的核心，人在了解爱之前先要了解自己，我们试图让自己变得更好，以平和的内心获得深度的感情。

亲密关系中，你们相互吸引，但又发现对方无法给予你安全感。当你发现这种安全感不能被完全满足的时候，潜意识里会产生失望，开始怀疑你当初的选择是不是正确的同时，又羞于正视自己真实的感情走向。

我们的一生中，真正遇到灵魂碰撞的几率太小了，好像到了某个时期，你就会发现，义无反顾地爱上一个人，真的太难了。有些人拥有心动的能力，却不具备爱人的能力。

我们流连于情欲的花园，遇到过一见钟情的爱情、漫不经心的爱情、自我感动的爱情、日久生情的爱情。不同的爱情，就像不同的路口，最终带给你不同的人生历程。

夕阳最美，但却接近黄昏，没有什么是一成不变的，好的感情是博弈的同时也在不断修正自我的过程。

只是希望，人生浩瀚，爱有所归，我们还有分辨爱的能力。

Chapter 8

给未来女儿的一封信

总有一些人爱你

是因为你就是你

亲爱的小孩：

　　虽然我现在已经年过三十，但还没有安定下来，我也不知道什么时候会有一个孩子，也许会是个女孩，而那个孩子也许就是你。

　　今天闲下来，突然想提笔给未来的你写一封信，那些你未参与过的日子里，我一直都在孤独地前进着，想到未来你会来到我的生命中，我竟有些期待十几年后跟你小酌一杯谈谈人生了。

大概每一个男人这辈子都希望有一个小女儿，软软糯糯的，扛在肩头。我经常想你会是什么样子，齐刘海、双马尾、小酒窝、可爱的小裙子，我坐在沙发上回复邮件，你坐在地毯上靠在我腿边安静地看画报。

每当想到这里，我的人生里奋斗的意义就多了一条，我想把世界上最美好的东西全都给你。

上周，我出去谈完工作，车子开到北京林业大学附近，天色尚早，都说林大的银杏叶是最美的，突然想进去转转。我将车停在那条著名的银杏大道旁边，阳光洒在地上，我靠在座椅上，看着来来往往的学生，他们都那么年轻，我离开大学很久了，久到就像走进另一个维度，恍若隔世。

亲爱的小孩，你知道吗？我突然觉得自己老了，脑海里像过电影般一幕幕浮现过往。我想起了我的大学时代，我这十几年的沉浮，我爱过的那些姑娘们，手边似乎就差一罐啤酒了。

如果让我重新回到二十岁，我还会是现在的我吗？那个时候的我只觉得成长是一件无比漫长的事情，因为不知道未来会发生什么，所以充满了期待。我拼命地往前跑，想去看看我有没有成为自己想成为的那种人。说来也好笑，现在的我却希望时间可以为我停止。

虽然此刻我在想，人世茫茫，那些所有重要的事情我该如何全部告诉你。但我却不知从何说起，或许你应该自己去感知。我去过很多城市，换过不同的工作，住过不同的房子，认识了很多人，也忘记了很多人。我向来独立，成年后更是保持着独立的空间，孤独感有时候带着一种力量，指引我去接近更真实的自我。

真实的自我太重要了，你的叛逆与倔强，你的深情与真心，都是对这个世界的不妥协，你不属于我，也不属于任何人，你就是你自己。真实总是伴随着心疼，当你开始了解世界，好的坏的，并没有什么绝对性，一个人变强大的表现是在爱和包容中变成一个情绪稳定的成年人。

我就希望，你不要着急，就这么慢慢地长大。世上的一切都很短暂，春天的山茶花、夏天的雷阵雨、秋天的月亮、冬天的大雪，铺满青苔的屋顶、拍打着岩石的海浪、印度洋里成群的鲸鱼，我要带你慢慢地去欣赏这个世界的美，不带功利心地去感受大自然的神奇，你会看到美，也会变成美。

生活有无数种可能性，而我，只希望你是自由的，自由的灵魂拥有自由的力量。人生要走的路很长，时常有温柔，偶尔也幻灭，所有的美好随时都会消失不见。你内心需要的始终是独立，精神上的独立就是你生命中的一块高地，你站上去，看自己、看别人、看世界。那些需要被看见的爱，需要被怜悯的情怀，需要被打理的微小事物，都充满了被理解的渴望。

我也会做你最好的朋友，理解你、鼓励你，但在此之前，你要学会成为自己的朋友。有些人的生命灿烂，也有些人的一生都清冷。在一个较长的时间线上，每个人相处时间最多的就是自己，长长的一生，很难有什么人可以一直陪伴你走向生命的尽头，包括我，有一天也会离开你。

学会独处，学会高质量的独处是一生需要学习的课题。没有谁能完全理解另一个人，包括老爸，以后也无法做到完全站在你的角度去思考问题，如果连你都没有耐心去好好认知自己，也就不能要求别人去理解你。

亲爱的宝贝，我唯一能保证的是，在我面前，你不需要对你的人生做任何让步和妥协，也无需放弃你内心的坚守和梦想。我会选择支持你，你可以走你自己的路，我会坐在观众席为你鼓掌。因为我知道作为我的小孩，你一定是一个有主见、有勇气且善良的小姑娘。

作为你老爸，我能做的是，尽量可以让你的起点高一点，但是未来的方向，你能到达的高度是你自己走出来的，因为这个世界诱惑太多了，也有太多人迷失在其中，你只有知道自己现在站在哪里，才能决定该往哪个方向走。

我二十二岁进入传媒行业，幕后工作辛苦不留名，需要学习的东西很多，自己学着写新闻稿、联系媒体、后期品牌营销。幸好我一直是一个对自己要求很高的人，希望这一点你可以遗传我。但热情也抵不住工作的压力和忙碌，加班是常态，你老爸我那时，每天就想着能把手头工作赶紧做好晚上可以早睡一会儿。

每个人都希望在喜欢的行业，做喜欢的事情，可一旦喜欢的事情变成每天要完成的工作任务，人就会开始怀疑当初的选择是否正确。

在后来几年中，我不仅开始怀疑工作，我也开始怀疑人生，以及这些年坚持的事情是否有意义。在我觉得自己忙碌得已经没有时间思考人生的时候，比我入行早的一哥们儿问我，这份工作对你而言是谋生的途径还是事业？我当时真的认真想了一个晚上，我现在的工作是不是一份有价值的工作？

如果终其一生，我在热爱的行业里无法做到一流，那我真的甘心只是为了谋生而辛苦工作吗？这许多年来，我怕我跑得太慢，我怕来不及。

我必须通过不断调整自己，让内心顺服。但是内心却一直在挣扎，我选择漂泊，我一直往前走，我辞过职、创过业，又从头开始过，赢过，也输过，为自己想要的生活付出过代价，也得到过肯定的荣光。我在摸爬滚打中才找到适合自己的路，我觉得一切都值得。我尝试过人生的多种可能，命运给的礼物和磨难我悉数收好，该走的弯路一米都没有少，横冲直撞的年轻时代，一切都会准时发生。

这几年，我发觉自己越来越务实，我只想把眼前的事情做好，踏踏实实静下心来读几本书，最大的心愿变成了全家人身体健康。但相比几年前迫不及待去看远方的心，我更希望花时间在家里做一顿饭。我依然会看让人热血沸腾的电影，但更清楚真正让我内心平静的是什么。

亲爱的小孩，我给你讲这件事，是希望你成为一个卓越的孩子，锲而不舍地去做事，这并不代表我会要求你考试一定要考满分，上最好的学校，找最好的工作。老爸不是这么肤浅的人，我说的"卓越"不代表分数，是希望你养成一种卓越的态度。把优秀当成一种习惯后，你会发现，原地踏步是特别没劲儿的一件事。

不要因为你觉得不重要，就可以不用尽全力。既然同样花费了时间，为什么不做到最好？每一件事都用心做好，就没有人可以指责你。

人生的前半场，其实每天都在暗自与自己较劲，我觉得这段时期特别珍贵。

所以我鼓励你去看世界，支持你去冒险，我祈祷你是一个幸运的孩子，年轻时候的梦想可以全部实现。我们的生命不仅仅只关乎时间，它还有深度和广度。

你想做什么就趁年轻及时去做，你有时间试错，也有时间去止损，但不应该去后悔。生命是一个永不停息的循环，而你要做的，无非是在往复中获得充实的内心。

我对你唯一的要求就是，你要在读书的年纪顺利完成学业，老爸要求你用功读书是希望将来的你拥有更多的选择权，选择有意义的、愿意付出热情的工作和生活。学历不代表一个人的能力，但学历可以为你敲开另一个全新领域的大门。

　　成长是一种选择，选择自己的存在方式，只要是选择就会得到一些什么抑或失去一些什么，你想对世界索要真相，你就要去了解世界的样子，任何道听途说都不如你亲眼去看一看。

　　读万卷书，行万里路，岁月会让人心变得柔软。宝贝，不要着急，事缓则圆，慢慢来反而会更快一些，做好一件事再做另一件事，给自己一些时间喘息。即使生活再安逸，也不要放松警惕，努力永远是年轻时做的最正确的一件事。

　　爱与自由是我能给你的最好的礼物，付出感情是一件需要勇气的事情。你会爱自己、爱父母、爱朋友，以后可能也会爱另一个男孩子。

相爱应该是一件纯粹的事情，两个彼此吸引的人产生感情，并且有耐心去见证和分享彼此的成长是多么美好。

爱情一直是一件需要运气的事情，如果你遇到了，我会祝福你。如果你没有遇到，那请好好爱自己。一个人只有爱自己，继而才有能力去爱别人，你尽管做好自己，自然会有人来爱你。

我不干涉你的感情，但是我希望你一直是清醒的，只有该结婚的感情，没有该结婚的年纪。即使你一直没有恋爱结婚的打算，我也不会催你。你不用因为年龄的问题去将就。将就的爱情、将就的婚姻，与将就的工作一样，都会让你的生活丧失全部的意义。

"不将就"也是有条件的，你要有能力告诉所有人，你完全可以养活自己，并且可以把自己养得很好。孩子，生命是有限的，有的人可以每天都过得很精彩，而有些人只是在重复前一天的生活。我很怕你变成后者，怕你迷茫找不到自我。这个过程每一个人都会经历，一个人对生活的热爱来自一定的成就感，而成就感是通过完成一个又一个目标来实现。你长时间没有完成一件让你觉得有成就感的事，就会空虚。如果一段时间里你不知道该干点什么，我建议你去学习，大量阅读，或者学习一项特长。

一个人的工作和社交是将自己有限的知识对外输出的过程，而持续阅读是对知识的吸收，只有吸收的程度大于输出的程度，你才能让自己保持在一个不断向上的水平。一切迷茫都是因为对现在的不满意而又无力去改变。

人会因为阅历而更了解自己在这个世界的位置，如果等不到，就自己去创造。如果追逐不到，就自己走到自己的前面。当你驯服心中的动荡，当你停止寻找的姿态，当你开始全力以赴地应对自己时，世界就会来到你面前。

人活一辈子，最重要的是掌握好自己人生的节奏，不要被世俗的规定推着向前走，你有自己的时区，读书、工作、旅行、学习爱自己和爱他人，一直走下去，不要害怕，也不要回头。

我希望你可以做自己喜欢的事情，更可以拒绝做自己不喜欢的事情，这个前提是你要实现完全的财务自由。不过你也不用挣太多的钱，反正在生你的时候我已经做好了养你一辈子的打算。

在你出生之前，我就希望你是一个女孩子，但我也开始隐隐有些担忧，我该如何告诉你在这个复杂的环境里保护好自己。我可以带给你善良的品质，但是有些人也会因为善良而受到伤害。我的矛盾在于，害怕让你知道，却又想让你知道。但是我并不想为你营造一个童话世界，有光亮的地方一定有阴影，丛林法则虽然残酷，但是实用。如何在这个好坏并存的世界做一个孤胆枪手，我也会慢慢教给你，你不仅要学会悲悯，也要学会警惕，分辨真情与假意。

亲爱的小孩，长大后的每个人都在追逐成功，成功的一生究竟是什么样子呢？成年人对于成功的标准似乎很统一：有钱、有地位、有能力。很多人回头看最缺的却是爱和安全感。

但是孩子，我不想给你去定义成功，甚至，我目前还不能总结我的几十年是否是成功的。我希望你的一生都是灵动的、自信的，你要抬头挺胸地走在世界上任何角落。如果一生的大多数时光回想起来是快乐，这就是最大的成功。

真的，你只要快乐就好，这种快乐越长久越好。我教给你的就是如何与这个世界相处，也想教给你如何去温柔地爱。

我也想过，安全感的含义，我想给你的是内心的充裕、性格的稳定、慈悲心和正确的三观，除此之外，我会在你长大后，在你工作的地方给你准备一套房子，属于你自己的独立空间，不用太大，但足够温暖。因为老爸吃过的苦，并不想再让你吃一遍，你可以用珍贵的时间去做点更有意义的事情。这个房子就是你的私人博物馆，把自己喜欢的东西悉数收藏，包括你的欢喜和眼泪。

其实你比我幸运很多，我在你小时候，你爷爷奶奶并没有告诉过我这么多，这些全是老爸这么多年一步一步走出来的经验和教训，我猜，你呀一定比我聪明，你也一定会很快超越我。

　　我一直很喜欢看电影，每一部电影里就是一种人生，经典之所以被称为经典是因为我们在里面看到了另一个自己。老爸特意去买了大容量的移动硬盘，帮你存了一百部可以给你启发的电影，那些你不爱听我唠叨的道理，希望这些电影可以告诉你。

　　怎么说呢，我也是第一次做父亲，如果你对我有什么不满意的地方，还请多多谅解。你带给我的快乐并不比我带给你的少，你就像一面小镜子，让我更加了解自己，你也在重新塑造我，将我的内心变柔软。

　　作为你老爸，我肯定会觉得生了你是特别棒的一件事，这是我之前从未体会过的兴奋与期待。我会陪你一起向外探索生命的广度，向内探索生命之间可能产生的交流与理解的深度。

我想过了，等你成年之后，我会尽量以一个旁观者的身份来看你成长。在你需要的时候我会选择做你的同路人和聆听者，舞台属于你，而我在台下注视你。

你大胆地去选择你喜欢的城市生活居住，去做你喜欢的工作，去爱你喜欢的人，不用担心我们，以前你爷爷奶奶也对我说过同样的话，一个人只有自己生活得好，才有能力去照顾别人。老爸也会好好保重，未来还要陪你去听演唱会，陪你去看话剧，陪你去体验更大更广阔的未知世界。

亲爱的宝贝，请你带着纯良、磊落和诚恳勇敢地走下去，走向真实和明朗。去做一些更加靠近自己的事情，坦然面对，平静接受。我相信总有一些人爱你，是因为你就是你。

爱你的老爸

后　记

孤勇如你

见得越多，越了解自己认知的局限性

生怕自己辜负了什么，也错过了什么

距离上一本书的出版已经过去三年了，新书的文字之所以迟迟还未呈现，一直觉得是相契合的机缘未到。这本书我写了很久，新的故事里有新的相遇，新的告别，新的爱与被爱。写作这件事于我而言，是一件无法刻意为之的事情。文字所传递的不仅是我的感情，还有些许年份的积淀。

这一次的故事结束在冬天的海边，听着一层一层海浪的拍打声，心里却出奇的安静。完成这部新书的过程中，时常有不真实感，我站在很远的地方，中断了和所有人的联系，静静地遥望笔下的人，看他们在大风巨浪里不动声色地保持着沉默和骄傲。

我只是一个讲述者，我在他们身上看到了热血、忠勇和心宽似海，我希望给这些美好的词找一个地方妥善安放，给他们来一场正式而隆重的告别。

生活时常被搁浅，我一直在平衡我生活中的内在秩序，这几年，我越发看清和明白自己的心境，但我知道我身体里的内核一直都在，从未消失。我走在一条正确而真实的路上，我想要的不多，但都是最好的。那些从容不迫的、偶然撞到的、刻意为之的、柔软的、执着的，如同一团火焰，小心翼翼地燃烧着我。

我开始为自己积攒一些自由的底气，人生几十年过去了，绕了很多弯路，经历了很多否定，减少了很多无用的社交。当我感受到自己不再年轻的时候，我却开始释然，我用了大约十年的时间来试错，一腔孤勇，等待时间做出审判。

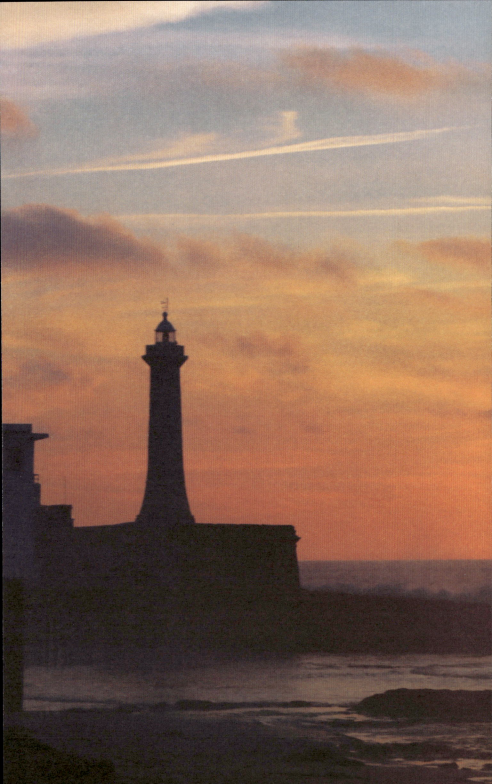

这几年我做得最多的事情就是工作、学习、健身和旅行。我开始明确自己能够做的事情和想要做的事情，我学着把焦虑值降到最低，我专注于朝着自己的方向努力，而不是大家规定的方向奔跑。

每个人的方向不同，终点也就不同，所有的眺望和抵达都不需要解释。

我说过，我很喜欢我现在的年纪，那些久久不能释怀的事情好像一夜之间就被打通了，我想换一种生活方式，这两年我开始行走在路上。我珍惜每一刻的动容，温柔的、心碎的、怜悯的、毁灭的、张扬的，全部汇聚成潮水，在我胸口起伏。

说来也可笑，三十多岁的年纪，按理说不该迷恋这种漂泊感，人生一世，总有些时刻想要放弃，走得越远，却越能体会生而为人的辛苦，时常要拿出巨大的决心，去理解和原谅那些失望背后的千回百转。但也有一些时刻，你愿意带着所有的坦荡，赤手空拳地去信任、毫无保留地去给予。

我也追寻过生命的意义，后来发现是徒劳的。每个人都在持续与孤独相伴，生命中的爱与荒凉，是一生的命题，见得越多，越了解自己认知的局限性，生怕自己辜负了什么，也错过了什么。

　　有时候你以为你离开了那个江湖，其实你一直身处于江湖。

　　自我了解是一个持久且漫长的过程，人不只活在自己身上，还活在与每一个诚恳的灵魂碰撞的瞬间。

　　人海浮沉，幸运的是还有一部分人，知道我是谁，我想做什么。

　　这些年，所有对我影响很大的人，似乎都是偶然遇到的，仿佛他们就在那里等着，等着与我相遇。他们对我而言是有力量的朋友，在我反复执着的梦境里，他们举着火把一直在帮我照亮前行的路。他们帮助我克服内心的软弱和倦怠，他们让我

分清那些带着我执念的"得不到"的东西，究竟是我不想要还是不敢要。

每一段关系都有它的宿命，生命中有些人安静地来，静默守候，也有些人热烈如酒，停留片刻，哪怕最后我们的结局还是挥手告别，我也仍然记得当时的真心和快乐，这就足够了。

我记得有一天去机场送别朋友，那天北京的早晨特别冷，我把车停在门口，下车帮他拿行李，风吹过来打在脸上，我竟生出一种怅然若失的感觉，很多事情，我们永远无法解释也无法说清。

我问他，你还会回来吗？他无奈地摇摇头说，应该是不回来了。

我拍拍他的肩膀也说不出什么，所有人都在走着一条不太容易的路，喝一口酒壮胆，深深浅浅的情绪里全是无法细说的遗憾。每一段成长都带着疼痛，但每一段重生都值得庆祝。

人这一辈子其实一直都在做选择，而且每次做的都是最重要的选择，选择的也都是最重要的事物。留下或者离开，最重要的是遵循内心的想法。每个选择都会形成独特路径，带来不同的结果和无法预见的影响，你不会后悔，你的选择就值得。

如果把人生的镜头再拉长一点，热闹过后，还是要回归到内心，人都是这样，越来越沉默，越来越独立。

我喜欢一些独处的时光，我选择与自我对话，当我的思想碰撞到什么再反弹回来的时候，我才能看到更远更深的自己。

生活很难，我知道。但我还是会带着与生俱来的一点勇气，举着生命中带着微弱光亮的火把，咬牙坚持，继续走下去。

我经常会跟朋友说的一句话：人生，在于经历。

你不经历怎么知道哪条路最适合你，哪个人最让你心安，抑或念念不忘？

人生路上没有绝对的对错，未来尚远，过去已去，只有时间，才能证明一切。如果这注定是一条必经之路，那就借着风浪，遇山翻山，遇水蹚水。如果你恰好路过我，我想让无畏和明朗代替所有的酒，敬你一杯，等你从远方归来时，再给我讲讲路上的故事。

我就是想证明，无论我在哪里，我义无反顾选择的道路，是对的。无论我在做什么，我理直气壮遵循的内心原则，是值得的。

我永远渴望少年的赤诚之心，我用文字打亮记忆的深情，用孤勇抵挡命运的荒芜。人生苦短、唯愿珍重。

谨此，感谢一直支持我的读者们，只因这份陪伴和坚持，更是我们之间不可或缺的默契。

还有出现在书中以及现实中的好朋友们，这些温暖的人，陪伴了我许多年，他们不卑不亢、不自怜不自叹，他们引领我勇敢地去选择自己要走的路，无论这条路有多艰难，他们都像海边的灯塔一样站立着，告诉我即便路途遥远，我也不孤独，只要我抬头，便能看得见。

当昨日的梦想已经随着人生的航程呼啸而过，我只愿你一生不虚度。

当孤独的旅人依然漂泊在世界的每一个角落，我只愿你一生爱自由。

当我们的一腔热血和孤勇兑入酒中饮进胸膛，我只愿你一生都坦荡。

人生如逆旅，我亦是行人，愿合上这本书，快乐如你，努力如你，明亮如你，孤勇也如你。

图书在版编目（CIP）数据

孤勇如你 / 耿帅著. --北京：九州出版社，
2019.5

ISBN 978-7-5108-8062-9

Ⅰ．①孤… Ⅱ．①耿… Ⅲ．①散文集－中国－当代
Ⅳ．①I267

中国版本图书馆CIP数据核字（2019）第091791号

孤勇如你

作　　者	耿帅　著
出版发行	九州出版社
地　　址	北京市西城区阜外大街甲35号（100037）
发行电话	（010）68992190/3/5/6
网　　址	www.jiuzhoupress.com
电子信箱	jiuzhou@jiuzhoupress.com
印　　刷	天津市豪迈印务有限公司
开　　本	700毫米×970毫米　32开
印　　张	8.5
字　　数	235千字
版　　次	2019年7月第1版
印　　次	2019年7月第1次印刷
书　　号	ISBN 978-7-5108-8062-9
定　　价	49.80元